雨宮雅子作品鑑賞

昼顔讃歌

離教への軌跡

高旨清美

Takamune Kiyomi

六花書林

昼顔讃歌　＊　目次

装幀　真田幸治

雨宮雅子作品鑑賞　昼顔讃歌

——離教への軌跡

I

『鶴の夜明けぬ』

わが狂のまなか白しも鶴の夜をちぢにみだれて雪降りいづる

雨宮雅子の第一歌集『鶴の夜明けぬ』は一九七五（昭和五十一）年に刊行された。十八歳のときから作歌を始めながら、様々な事情により、第一歌集を上梓したのは既に四十七歳のときであった。翌年この歌集は短歌公論処女歌集賞を受けている。巻末に当時の「地中海」代表の香川進が一文を寄せ、また異例のこととして、著者本人ではなく、夫の竹田善四郎の記すあとがきが載る。雨宮が歌を作らなかった時期は、雨宮が自身の子とともに暮らすことを断念した年月であったという。

掲出歌は「鶴」と「雪」から戯曲「夕鶴」の「つう」を連想させる。誰にも見られぬ場所で嘆き悲しむ己の姿を鶴に託したものであろうか。障子を閉ざし、鶴がその羽を抜き取って機を織るときの、そして全てを残して地上を去らねばならぬときの苦しみと同じ思いを、雨宮は味わった。雨宮はしかし、作品の上で具体的にそれを語ってはいない。ただ「わが狂」と表すのである。この一首は集のはじめの章に置かれており、プロローグ的な役目を担うものだ。そして中ほどに次の歌が配される。

天涯の鶴はばたけり木枯を帰りきたれる夜の記憶に

天の果てを飛び去ってゆく鶴、それはかの日々に苦しみ抜いた己の姿と重なる。寒さに身を縮めるようにして帰ってきた夜に甦るのは、飛翔の力を得て、ようやく発つことのできた鶴の姿。戸外の寒さは、ふと厳しかった過去の記憶を引き戻す。容赦なく吹きつける風を潜り抜けて帰宅した雨宮は、平穏な日常を取り戻した今を思う。分身となぞらえる鶴が、夜明けを目指して飛翔を遂げたことを肯いながら。

雨宮がこの頃住んだところは、神奈川県茅ケ崎市鶴が台であった。『鶴の夜明けぬ』という歌集名は、この地名にちなんだものでもあったろう。初版の『鶴の夜明けぬ』の発行元も自身の住所であり、「鶴工房」となっている。この歌集は悲傷の歌集である。そして言葉あそびのようであるが、悲傷からの飛翔の歌集でもあり、罪（あるいは生の過誤）とそれから生ずる傷みの癒しを願う祈りの歌集とも言えよう。

告解にむかふにあらず白梅の下ゆくときを額照らされぬ

雨宮には「額」を歌ったものが多い。額は浄いところ、という思いを雨宮はもつ。洗礼を授けられたときに聖水に触れたところとして。聖書では、額は人格を示すものとして象徴的に用いることがある。かたい額は心のかたくなさを表していることが、旧約聖書のエゼキエル書三章七、八節にある。雨宮が教会に通ったのは二十四歳、離婚を経験して間もなくであり、受洗はその翌年。その後、再婚、出産、離婚と続き、次第に教会からは遠ざかった。幾度かの病気、入院も重なり、実際の教会生活と呼べるものは、極わずかの期間であったと言ってよい。

雨宮はプロテスタントの信者であるが、「告解」「聖痕」「煉獄」などのカトリック用語を多用して作歌している。ある時、その事を雨宮に尋ねたら、あまり気にせず使ったと語った。教会生活が短かったこともあり（つまり、あまり教会生活を体験しなかったために）旧教新教のちがいに拘りをもたなかったようだ。雨宮の少女時代、姉妹がカトリック系の学校に通っていたこと、のちにカトリック作家モーリヤックの文学に触れたことなども、その背景にあるようだ。

春ながら窓明りより醒めてゐぬ聖水触れし額《ぬか》の覚《おぼ》えに
額あつく過ぎたるひと日かなたなる水のおもてのにぶく光れり

一首目は受洗の日の回想である。洗礼の方法にはいく通りかがあるが、ここでは「滴礼」と言って、額に水を垂らす方法がとられていることが分る。「聖水触れし額《ぬか》の覚《おぼ》えに」は、受洗の遠い記憶がよび覚まされ、いっとき、神からの崇高な光を当てられたような感覚にあった記憶が歌われている。「額あつく」の二首目は、この世のことにあれこれ悩みつつ、あるいは没頭して過ぎた日、かつて洗礼を授けられたときの聖水がにぶく光って見えた、というのである。
冒頭の「告解に」の歌は、現在は教会から離れているが、白梅の清らかで明るい花の下をゆくとき、天上のひかりに額を照らし出されたように思った、とうたう。既に背信者に近い身である自身をかえりみながら、時折訪れる恩寵のようなものをうたっている。

夕映になほ白き花さざんくわは恩寵のごとふるへやまざり

「恩寵」とはキリスト教神学で「神の恵み」「罪深い人間に与えられる無償の賜物」を言う。夕映えに照らされてもなおくっきりと白く、わずかな風に花びらをふるわせる山茶花。それは「罪を許されたもの」としての象徴の「白」である。身をふるわせる山茶花に、雨宮はかつて味わった、受洗して罪許された者としてのよろこびを想起していたのであろう。

みづからを告発せむと思へるはしんしんと青き冬の朝なり
沈丁の匂ひ流るる夕べなり生ききしことは罪のごとしも

一首目には、自己を告発したいという思いの激しさを見る。過誤に満ちた来し方を顧みて慚愧に耐えなくなるとき、その思いを赤裸々にうちあけられるのは神のみ。自らの存在を許しがたく感じてならない、しんしんと身も心も冷え込む冬の朝は、という歌意であろう。

二首目、沈丁花の匂いのもつ官能性から、雨宮の罪意識が呼び覚まされた。キリスト教の「原罪」とは必ずしも、雨宮の考えていたような「罪」ではないかもしれないが、自らに厳格な雨宮はその歩みが、悔い多く、若く未熟であったことが、許せなかったのであろう。よく生きようとする雨宮の誠実な人柄が作品に反映している。

既に長く教会から離れていた雨宮ではあるが、キリスト教への思いは抱き続けていた。西欧の文学への傾倒からということも十分あるが、根底にはやはり悔いても悔いきれぬと雨宮が考えている、自らの来し方の霧が晴れることがなかったためでもあろう。後年になって、その思いも時間の経過と共に次第に薄れていったのは、自然のことと思われる。若い日の一時期を除き、教会生活をほとんどもつことのなかった雨宮が、孤独な、観念に傾いたキリスト教観をもち、結果的に離教に至ったことは、あながち納得のゆかないことではない。

信仰は、観念や知識ではなく、その人の生活に溶け込ませるもの。日々の暮らしとの結びつきがなければ、血肉化は難しいものと思われるからである。

ごつた煮のかなしみなれやまならうらに若き日若からぬ日汗にまみれて

すぐれた技巧を駆使し、知的な象徴的表現を用い、高雅な香りを漂わせたものという印象が雨宮作品にはある。そのためどのように近づいたらよいかと躊躇させることもあるようだ。しかし掲出歌について言うと、その予想に反して、「ごつた煮」という思い切った表現に驚かされる。平易さと強さをもつ言葉である。誰の胸にも直ぐに響いてくるものだ。

「ごつた煮」とは、様々の材料を混ぜて煮た料理であるが、この世を生きる上での幾つものことが順調に運ばず、まさにごった煮状態という、過ぎ越しだったことを想像させる。若い頃もそうでない時も、と重ねて言い、「汗にまみれて」と日々の生活の奮闘の様を身体的に表す。

短き間の母なりし日の記憶いま驟雨果敢なり余韻残さず

幼子との訣れを、かつて雨宮はどのように乗り越えてきたのだろうか。断ちがたい思いを幾度も味わってきたにちがいない。しかしそれは封印した思いでもあった。通り過ぎた激しい驟雨にさえ、その潔さを見て、自らの心の騒立ちを鎮めようとするのだ。雨宮作品には、あからさまではなく、その境涯が、そっと織り込むように歌われていることに気づかされる。それらは耐える者のかなしみの深さをまとっている。

まれに見る夢に離別の家なれど五月明るく梨の花咲く
夢にさへ距てられたる子となりてはやも測られぬ背丈を思ふ

霜ばしら踏みて歩みぬ久しくも聖体拝受わがなさざりし

「聖体拝受」とは「聖体拝領」とも言うカトリック用語である。ミサの中で聖別されたパンと葡萄酒は、キリストの体と血であることを信じ、これを聖体とよぶ。聖体を拝領することはキリストと一致すること、キリストの生命を生きることと信じるものである。プロテスタントでは普通、「聖餐式」と称する。雨宮は本来、プロテスタント教会の信者であったのだが、ここでは「聖体拝領」とカトリック的に言っている。

その朝、雨宮は霜を踏みながら歩んでいた。厳寒の朝、よく冷え込んだとき特有の凜とした空気がみなぎっている。清々しさと同時にその緊張感は、日曜日に礼拝に出席して聖餐にあずかるときのことを思い起させる。雨宮は振り返る。様々なことが身の上を通り過ぎ、転居を重ねるうちに、いつともなく教会から足が遠のいてしまったことを。

おのおのの淵へ降り立ち他者と遭ふエル・グレコの絵　絵とは思はず

美術館や画集で絵との出会いを経験することがある。雨宮にとってエル・グレコの絵はまさにそのようなものであった。グレコは十六世紀ギリシャのクレテ島の出身、イタリアで修業したスペインの画家である。聖書に多く題材をとり、いわゆる宗教作品を主とした。神秘的な光を宿した作風には、見る者の魂に迫ってくる何かがある。グレコの絵画はその時代、不安定な画面構成や非現実的な色彩から異端的に扱われたというが、複雑な内面描写に長けた画家であり、今も愛されている。雨宮もその魅力にとらえられたのだ。

「おのおのの淵へ降り立ち他者に遭ふ」には、絵画という芸術作品による魂の救済の経験がうたわれている。

子を思ふ心ひとつを捨ててきし秋いくたびか群るるコスモス

群れ咲くコスモスを見る度に、子どもを断念することを激しく迫られた日がよみがえる。コスモスの咲く秋は、雨宮にとって道を分ける季節となった。可憐なコスモスの咲く情景はその年の鮮烈な記憶であると共に、子を交えて形成される家族の象徴ともなっている。そよ風に揺れる花々は、あたかも団欒をしている家族のようだ。

その低き椅子いまありや背をむけて歩む九月と受洗の九月と

九月は雨宮にとって大きな出来事のあった月となった。一九五四年（二十五歳）の受洗、その後の再婚でもうけた子供との訣別も九月であった。受洗からわずか数年、二十代後半のことである。

雨宮が受洗したのは鎌倉のプロテスタント教会、日本基督教団雪の下教会である。二十六歳以降は身辺事情のため、実質上の教会生活はなく、作歌を中断し、転居を重ねることとなった。

霜ばれの空にきららの充つるごとはるかなるかなわが母教会《ぼけうくわい》
若くして神に集ひし日のごとく谷戸《やと》のまひるを紅梅匂ふ

一首目の「母教会《ぼけうくわい》」とは、その人が洗礼を受けて所属した最初の教会のことである。前述のように転居して、母教会のある古都鎌倉から離れ住むようになった雨宮は、教会に通うこともなくなった。遠ざかってしまった教会の集いや、友人知人のことが思われる。初冬の空気の張りつめた朝（おそらく日曜日）のことである。清らかな会堂やかたい木の椅子、礼拝に集い、和やかに挨拶を交わす人たち。空を見上げながら、なつかしさと寂しさに包まれる。長くはない月日であったが、かけがえのない時間をまぶしく思い返すのだ。

死にびとを思ふほかなく年どしにわが枯らしたる夏の花序かも

夏という季節は、雨宮にとってトラブルの起こりがちなときだったようだ。第五歌集『熱月』のあとがきにも「一度ならず大病にかかったり（中略）トラブルがあるといえばいつも夏だった。」とある。掲出歌には深い悔恨がにじんでいるように思われる。夏は、日本では死者を思う季節であり、ヒロシマ、ナガサキの原爆忌、盆の行事、敗戦記念日と続く。個人としても社会的にも、死者と向き合うときだ。

大切な思いを告げたくても、もはやその人がこの世にはないことの寂しさと苦しさをうたう。もし、過去に共に過ごした幸福な日々をよみがえらせ、心で語らうことのできる死者なら、さびしくはあっても満たされるものがある。しかし悔恨に苛まれ、和解を求めたり許しを乞いたいのに、そうできない死者にはどうすればよいのだろうか。取り返しのつかなさに、茫然とするばかりだ。
「花序」には有限花序と無限花序があるが、ここでは無限花序を考えたい。夏の代表的な無限花序であるグラジオラスか立葵を思い浮かべてみよう。それらは季節の到来と共に、下から上へと順々に咲きのぼってゆくが、秩序よくあるべきはずの花を私は枯らしてしまったのだという、後悔と罪の意識が感じられる。雨宮は、当時キリスト教会に籍を置いていたが、宗教をもつもたぬにかかわらず、もともと倫理意識の強い人だったのではあるまいか。キリスト教に若き日より触れた影響はもちろんあったにせよ、雨宮がうたっている「罪」は、キリスト教の「原罪」よりも、もっと一般的な、生きる上での過誤や過失のニュアンスをしばしば帯びているように思われる。雨宮の歌に、ふと自らへ注ぐまなざしの厳しさを感じることがあるが、それはそのまま、雨宮の潜ってきた生の起伏の厳しさ、そこから引き起こされる内省の深さと言えるのかも知れぬ。

無花果の匂ふ重さよ恩寵としてたまひたる罪にあらずや　『悲神』

一つ鳴れば一つかなしき百鳴れば百もかなしきひるの風ぐるま

縁日や社寺の参道などで、赤や青、ピンクのたくさんの風車が売られているのを目にすることがある。風が吹くと、一斉に回り始める。いや、一斉にではなく、並んだ風車のどこかひところから回り出し、その回転が次々に波及してゆく。そして風に従って止まったり動いたりする。愛らしいが、風任せのはかなげなその様を眺めていると、せつないものが湧き起こってくる。それは郷愁に近い感情だが、しかし、この頃の雨宮の胸にあるものは、別れた幼子のことであったはずだ。「かなしき」はそのまま哀切さをもって響いてくる。かなしみの連鎖を感じさせる歌である。漢字と平仮名の取り合わせ方にも工夫が見られ、愛唱性の高い一首となっている。

風荒ぶ夜に思へり「旧約」と「新約」のあはひに身を灼くヨハネ

聖書にはヨハネという名の代表的な人物が二人登場するが、このヨハネはいわゆる「バプテスマ（洗礼者）のヨハネ」である。イエスとは親戚筋であり、六か月年長であると言われているこのヨハネが、旧約聖書中の最後の人物であると考えられた。ヘロデ王の治下、斬首されたが、その聖書中の記事をもとに戯曲『サロメ』が書かれた。真の預言者を久しく待ち望んでいたユダヤの地で、ヨハネは驚きと興奮をもって迎えられた。歴史的転換のときであったと言える。しかしヨハネは、自分は後から来られる方の道備えをする者に過ぎないとし、人々に悔い改めを説いた。イエスはヨハネのところに来て民衆と共にバプテスマを受け、その時からイエスの公生涯が始まった。イエスはこの後、苦難の道をたどることになったが、その先駆者として預言者ヨハネも、同じような道をたどったのであった。

「風荒ぶ」からは、ヨハネが道を唱え、イエスが試みを受けた、風の吹き荒れる荒野が想起される。日頃、文語訳聖書に親しんでいた雨宮であるが、その文語訳にはこう記されている。

その頃バプテスマのヨハネ来り、ユダヤの荒野にて教を宣べて言ふ。「なんぢら悔い改めよ。天国は近づきたり。これ預言者イザヤによりて、斯く云はれし人なり。」

（マタイ伝三・一―三）

この一首での「荒野」はまた雨宮自身の内にもある光景なのではあるまいか。モーリヤックの作品の主人公「テレーズ・デスケイルー」の心に潜む荒野のように。ゆえに「旧約と新約のあはひに身を灼くヨハネ」も、単にヨハネのことだけではなく、雨宮自身が生きる上での、節目節目での重い決断をせざるを得なかった、その共感を呼ぶ何かがあったように思えるのである。

Ⅱ

『悲神』

百合の蕊かすかにふるふこのあしたわれを悲しみたまふ神あり

第二歌集『悲神』は一九八〇（昭和五十五）年に発行され、七六年から八〇年の作品が収められている。あとがきに「神に遠ざかりまた近づこうとねがう私は、つねに『神を悲しませている者』である」と『悲神』と名付けるに至った思いを記す。教会を離れて二十年以上経たのちも、このようにキリスト教との問題についての心情を吐露している。日曜礼拝に行かず、信仰について考え、求めてゆく心をもち続けていく努力は並大抵のことではない。雨宮はもともと内省的で意志的な人であったと思われるが、そのような資質にキリスト教文学（モーリヤック等）を探求する意欲が相俟って、持続的な求道的創作へとつながっていったのではないだろうか。

第一歌集『鶴の夜明けぬ』において、既に神への離反を明確にしながら、揺り戻しのようにまた神をうたう。一度受洗したのち、教会から遠のく人は珍しくない。日常に取り紛れてか、一時の思いであったことに気づいてか、一過性のキリスト教徒であった人は世の中に存在する。教会に所属しても離れることは自由。いつの間にか住所不明、連絡不可能な存在になってしまうことさえ起こる。そんな中で、教会に籍を置き続けた雨宮に、ある誠実さが確としてあることを感じるのである。後年、「離籍届」を所属教会にたいして行ったことも、たいていの人が曖昧にして教会を去ってゆくのに、雨宮らしい律儀さを見るのである。（その頃の心境を記したものに、「棄教」という激しい言葉を使っていた。「棄教」という言葉よりは「離教」のほうが雨宮に相応しいのではないかと思えたが、自身では「棄教」と表現したいところであったのだろう。）

掲出歌であるが、「百合」は白百合であろう。いつの頃からか、キリスト教の儀式や美術には白百合が登場するようになった。純潔さの象徴としてであるが、その蕊がかすかにふるえるのを見たとき、教会から離れている不信の身を神に悲しまれていると感じたのであった。

百合ひらく地上に夏至のきたる日も虜囚《りよしう》のごとき素足を曝す

百合がひらく夏至の頃は、夕べの明るさが長く地上にとどまる。身も心も明るさの中へ置かれているのに、どうしたことか、軽くなった衣服と素足のこの心もとなさは、というのであろう。異国での囚われ人か、靴下の一枚も身につけることができず、足を曝している人の哀れさが目に浮かぶ下句である。

「ヨハネによる福音書十三章一―十一節」にイエスが弟子たちの足を洗う、いわゆる「洗足」の記事がある。足を洗うという行為は、キリストと弟子たちの関わりを示す象徴的なことだ。「素足を曝す」は寄る辺のなさ、つまりは関わりをもつことのできぬ悲しみ、確たるものを持ち得ぬ雨宮の悲しみを表しているのではないだろうか。「虜囚《りよしう》のごとき素足」という比喩は、印象的な言葉である。虜囚の無防備な足は孤独を表し、漂泊の魂をもつ者は、明るい季節を迎えた地上の恵みを享受することもなく、ただ立ち尽くす。

ちなみに、聖書に登場する百合は、しばしば美しさの象徴とされる。「彼は百合のように花咲き、レバノンの杉のように根を張る。」（ホセア書十四章六節）というように。しかし、百合は実際にはパレスチナに多い緋色のアネモネという説が有力であり、今日私たちが考えるような百合ではない。

年月のちり吹きはらひ訪ひきたる子は年月のおくへ去りたり

私的な生活上のことを直接的には歌うことが少ない雨宮だが、これは極、幼いときに離別した子を詠んでいる。子との別れは心の中に封じてきたことであったが、歳月を経て、子は生母である雨宮との再会を果たした。しかし雨宮は多くを歌わず、簡潔にその顚末を示す。成人した子（息子）にも雨宮の側にも、満を持してその時が巡ってきたのであろう。

「年月のちり吹きはらひ」は、これまでの様々な負の出来事を乗り越えて、という実現へのよろこびが端的にうたわれている。下句の「子は年月の奥へ去りたり」は、劇的な再会を果たしたあと、静かな日常が戻ったことを言っているのであろう。と共に、現実の肉体を備えた成人したわが子との交流が、全く新たなこととしてはじまったことを示している。もはや想像のヴェールなどまとわぬものとして。

　映像のしごとに生きむと述べし子をひかりのごとく思ひ出づるも
　とほき日に幼子たりし若者よわがため傷みしことには触れず
　母と呼ばるる刹那なけれど対きあへる汝は歳月の逆光に立つ
　ひとときの語らひに子と過ぎつつも血の繋りの別れと思ふ
　水鳥のしぶきは寒の水ながら飛び翔つきはの羽搏ちのちから

五首目は一連の最後に置かれている。節目となる母子の再会を果たし、そのことを基点としつつも、それぞれの出発を祈るものだ。四首目の「血の繋りの別れ」という認識は重い。独立した人格をもつ者同士として、次のステップに入ることを暗黙のうちに認め合うものだ。

越えきたるわがつみ視ゆれなだりには紅梅三分白梅七分

観梅の季節である。梅園には、もともとの土地の起伏を利用したり、そのように造成したりして、散策しながら上方と下方から眺められるように設えられているところがある。初句の「越えきたる」は「つみ」と梅園の両方にかかっているのであろう。傾斜地には白梅が七割、紅梅が三割ほどの塩梅で配置され、雨宮は丘の上からその梅園を見渡している。紅白の割合の三、七が美しく見える。しかし、と雨宮は思う。その光景と同じように、必ずしも自身の来し方は全き白ばかりではなかったと。「つみ」と平仮名でやわらかく表記されているが、キリスト教でいう本来の「罪」の定義は、「目標をはずす」という意味である。「罪」の宗教上の概念を十分に説明する紙幅はないが、雨宮の「つみ」とキリスト教の「原罪」とは、微妙にずれが生じているようにも思う。

一般的に考えた場合、人と人とのつながりの中で生きている私たちは、多かれ少なかれ、他者に与えたり自分が受けたりする「負い目」や「傷」のようなものと無縁に過ごすことはできない。ここでの「つみ」はキリスト教的罪であると同時に、ひろく誰でも犯しやすい、生きる上での過誤のようなものを含めているのではないだろうか。その境界は至って曖昧である。

この作品の収められている『悲神』は雨宮五十一歳のときの歌集である。過ぎし日々を振り返り、「越えきたる」という感慨をもつ年代であるとも思う。

近づきて額《ぬか》さびしけれ一木《いちぼく》の白梅三分ほどの明るさ

ようやく綻び始めた梅に明るさを感じ、早春の訪れを称えているのであるが、白梅のほのかな光に照らされた「額《ぬか》」の寂しさは、自己と神との距離のさびしさを語っているようである。

荒寥のおのがひたひを見むために選ばれたりしわれと思ふも

『悲神』のあとがきに次のように記されている。「若い日に洗礼を受けたとき額《ひたい》に聖水が触れていらい、私は、人間のからだにはただひとつ、浄い場所があると思ってきた。(中略) 罪ふかい領地のなかの聖なる異国。そのような異国を私自身の額とするゆえに、神に遠ざかりまた近づこうとねがう私は、つねに『神を悲しませている者』である。」と。雨宮にしては珍しく歌集題の命名について触れている。

「荒寥のおのがひたひ」はいかようにしても救われがたい自身を言っているのであろうか。あるいは自身の信仰への確信の足りなさを吐露しているのか。

「選ばれたりし」はキリスト教の選民思想にかかわりのある言葉である。神から選ばれたのは、その人に特別な力が備わっていることによらず、ただ神の哀れみと恵みによって神に従うことが求められる、とされた。ここでは、ひとたびは決意してキリスト教徒となったが、その後の信仰の持続に困難や不安定さが生じる度に、おのれを励ましているととれる。キリスト教に入信したからといって、現実の生活がうまく運ぶわけではない。むしろ、荒地なる自らの内部に目を見開いて生き抜くために、洗礼を受けたのではなかったのか、と自身に言っているのだ。

照らされていましばらくは浄からむ額《ぬか》もちし人ら焚火に寄れる

「火」は洋の東西を問わず、浄化の力の象徴とされている。この歌の火は何であろうか。キャンプファイヤーか祭りの火か、たまたま燃やされた焚火か。人とは本来、清からぬもの。しかし焚火を囲む束の間は浄められて、神に近づく者となっている。私もその一員として、とうたう。

石の上《へ》をさばしる水に鶺鴒の触るる触れざる尾のかなしけれ

河原にでも遊んだときの作であろうか。鶺鴒にはセグロセキレイ、キセキレイ、ハクセキレイなどがあり、親しまれている鳥である。多くは水辺に棲息し、尾を上下に振る習性がある。その習性から「いしたたき」という別称もある。実によく鶺鴒の生態を写しとっており、しかも流麗な一首である。水に触れるか触れないほどの素早さで、尾をうちたたくようにしている鳥。鶺鴒は群れていることが少ないようだ。そんな存在の仕方もあるいは雨宮の心を引いたのかもしれない。

「かなしけれ」とは、鶺鴒に対する雨宮の思いのほとばしりであり、悲哀にも哀憐にも用いる感情の切なさである。

人も家畜もそこより飲みしヤコブの井ありきと読むは愛しかりけれ

新約聖書「ヨハネによる福音書」第四章中の記事による。ヤコブの井戸はイエスがサマリヤの女と出会った井戸である。渇きを覚えたイエスがサマリヤの女に水を所望した場所で、ユダヤ人の祖先のひとりのヤコブが掘ったものと伝えられ、今も残存している。深さ約十八メートルあり、水の少ないユダヤでは大切にしていた。婦人たちは夕方、頭に器を載せて汲みにゆくのが常であったという。その生活用水は、人だけではなく、羊などの家畜も渇きを癒すものであった。

この後は「生ける水の問答」として有名な物語が続く。が、ここではその物語に触れずとも、豊かな水を人や家畜に与えてくれている、往時ののどやかな風景を思い描き、社交の場ともなっていたであろうことに、思いを馳せ、味わうことで十分であろう。

いぬふぐり土より湧けるごとく咲きみづかねいろの母の髪はや

「いぬふぐり」はよく知られている早春の花であるが、在来種はピンク色で今日では激減している。ここでは無論、在来種ではなく、よく見かける空色の外来種である。詩歌に詠まれている多くは、明治時代に入ってきた帰化植物の空色の花であると解してよい。

草木の萌え出る頃、逸早く群がって咲く様を、二句目の「土より湧ける」は的確に表している。立春前後には、しきりに故郷の春が偲ばれることがある。（雨宮は東京生まれであるが、少女時代から藤沢市など神奈川県との縁が深い。）新年に訪ね合ったり、電話で声を聞き合ったりした往き来のぬくもりを、春の訪れと共に再び思い返すことがあるためだろうか。

「みづかねいろ」という語には、銀髪をいただいた母への愛と敬いの心が流れ、早春の訪れの喜びと、年輪を重ねてゆく母への思いが溶け合う一首となっている。花の空色と髪のみずかね（水銀）色とが、淡いパステル画の色調を思わせる。故郷への懐かしさと共に、節度をもった情愛が感じられるのは、「みづかねいろの」という、やや硬質な形容のゆえであろうか。母と娘の距離の保ち方のすがすがしささえ感じられる。

日すがらを空は鳴るなり芽ぶくため荒ぶる木木のよぶ神ならむ

先の掲出歌をあかるい早春を讃える歌とすると、こちらは春を招来するために難渋する歌である。芽吹きの前に吹く疾風を幾度かくぐり抜けて、ようやく春を迎えることができるのだが、「荒ぶる木木」とは、すなわち作者のうちに潜む荒ぶる魂の謂でもあろう。雨宮は内なる「荒地」を繰り返し歌う人であり、波立つ魂に凪を来たらせるために、声をあげて神を呼ぶ。この歌に並んで次の作品がある。

風はしる春のガラスは撓みつつ映されて人ら苦しげに来る

窓ガラスに映る街上（巷）を眺めていると、春の疾風の中、人々は苦しげに歩いて来る。向かい風の故のみならず、生そのものの苦しみを表白しているように。

蒟蒻をふるふると煮る　われはつねによきかたを選ばざりしマルタ

――ルカ伝一〇・四二――

マルタとマリヤの姉妹は福音書に登場する。二人はエルサレムの近郊ベタニヤに住んでいたが、イエスは彼女らの家庭と親しくし、しばしば訪れていたようだ。マルタとマリヤの姉妹は聖書中で様々に語られている。この作品の背景であるルカ伝十章にはイエスをもてなそうとするあまり、彼の傍らでその言葉に聞き入り、手伝いをしない妹マリヤを非難するマルタが描かれている。しかしマルタは、接待よりも必要なのは何であるかを、イエスから諭されたのであった。他のいくつかの記事でも、イエスに悲嘆や得心のゆかぬことの感情を素直にぶつけるマルタであるが、遂には真理を体得してゆく。まっすぐに教えに導かれてゆく女性というよりも、勤勉に働き、模索を重ねてようやくイエスを仰ぎ見るという、遠回りの生き方をする女性として、聖書中に存在する。そんな点に雨宮は共感しているのだろう。

「蒟蒻をふるふると煮る」の擬音語が、雨宮の心もとなさを象徴しているようだ。思えば人は、常に何かを選択しつつ生きる。ささいなことから重大なことに至るまで。のちに大切な選択を誤ったのではないかと振り返るときの苦しみは大きい。

まもられて来しことあらじさむき星天狼おのがひかりに荒るる

天狼星はシリウスの漢名であり、大犬座の首星である。冬、オリオン座の東隣に大きく輝く目立つ星であるが、それは他の星座から離れて孤立しているかに見える。「まもられて来しことあらじ」とシリウスの孤独と無援をうたい、地上に降ってくる鋭い光を、自己被虐するかのように、荒れているとうたう。雨宮の孤独の深さと内面の荒野を思わせる。

Ⅲ 『雅歌』

冬ばれのあした陶器の触れ合へば神経の花ひらきけり

『雅歌』は雨宮雅子の第三歌集にあたり、一九八四（昭和五十九）年に刊行されている。第二歌集『悲神』以降のまる三年の作品が収められているが、この期間は雨宮の生活上に大きな出来事があった。ひとつは父の死、もうひとつは幼いときに離別した息子との再会後の交流である。また父の亡くなった年には、新宿区から江東区への転居ということもあった。『雅歌』は、旧約聖書中の書名のひとつであるが、原典のヘブル語では「歌の歌」の意。つまり「もっとも美しい歌」の意である。雨宮は自身の名に「雅」の文字をもち、ひとり息子の名前にも「雅」の文字を入れて名づけている。愛着の深い歌集名と言えよう。歌集刊行の同年に、短歌教室のメンバーの有志らによる「雅歌の会」を結成もしているので、私的にも公的にも意味をもつ名となった。

掲出歌であるが、一読、引き締まった冬の朝の空気が伝わる。分けても、下句の字足らずの律が、ただちに詩的緊張感を促してくる。四句目を「わが神経の」とすれば七音に調うところを、そうはしなかった。欠けた二音は必要な空白であったと考えられる。そして一首は、晴朗とした冬の朝の厨かダイニングルームで、朝食をとるための、食器の触れ合う音、などという、あらゆる日常の具体からなる解釈を排して成立している。まっすぐに感覚に迫ってくる言葉のちからをもつ歌である。

下句の「神経の花ひらきけり」は、病みやすい雨宮の身体のどこかで、澄み切った陶器の硬質な音がひびくのに呼応して、神経が作用する。そのダイレクトな感官の有様が「わが」という二音を飛び越えさせたのであろう。「神経の花」は生理学書の図版のあの花ともいえる繊細さをイメージさせてもいる。

捕虫網かざしはつなつ幼きがわが歳月のなかを走れり

実人生のことを生のまま詠う雨宮ではないが、『雅歌』では子の歌が時折登場する。前歌集では終り近くに、子との再会を果たした歌がわずかにある程度であるが、本歌集では子との行き来が始まったこともあってか、歌の上ではその数が増えているようだ。捕虫網をもつ少年の姿は、極、幼くして別れた子の実像というよりは、いわゆる少年というもののもつイメージからであろう。離れ住むわが子が、どのような少年に育っているかを、ただ想像するのみの年月を経た雨宮の、ああ今頃はこのようであろう、とひそかに思い描いてきた少年像のひとつだ。われの「少年」は健やかで潑剌としていなければならない。その祈りの結晶の、捕虫網をかざす少年のイメージなのだ。下句の「わが歳月のなかを走れり」は、ある日、再会が現実のもののとなった時の、雨宮の思いをひと息で鮮烈に表現している。

一閃の飛燕のひかり　とほき子よわが日月を奪ひて生きよ
愛《かな》しめる人あることを言ひいでしわが青年は革の匂ひす
青年の口髭怪しもこのわれに子のあるごとくあらざるごとく

一首目の「飛燕のひかり」は、地上の人間に降る光であり、「日月」の光ともひびき合うものだ。「わが日月」を奪うほどに貪欲に生きよとは、やはり母ならではの思いである。二首目、「革の匂ひ」は、革ジャンパー等をまとった野性味をもつ青年を想像させている。ロックやバイクとも関わりがありそうだ。意中の人のあることの報告を受けての四、五句には、静かな肯定がある。三首目には少々の戸惑いを、ユーモアを込めつつ母としての余裕も垣間見せている。

ことほがれ禱《いの》れる群に還りしがひそかなる苦へ踏み入るならめ

雨宮の一時的な教会回帰の歌である。が実は、前歌集にも礼拝に出席したことをうたう次のような作品がある。

みづからが来しにはあらず招命によりて木の椅子に深く坐しをり
うつむきて人ら禱れる刻ながく会堂の床も苦しかるべし
信なきはたのしからましキリストの血の契約の酒をこぼして
『悲神』

これらは自らすすんで礼拝に出席したのではなかったことを物語っている。何か事情があって、あるいは出席の要請を断りにくくて、等が背景に見え、息苦しさを感じさせている。一首目の「招命」は、神が人を呼び出し、招いて神の業《わざ》（礼拝など）に参加させる意である。「ことほがれ禱《いの》れる」の歌であるが、本歌集では子との再会のよろこびの延長線上に、雨宮の教会回帰はなされたのではないかと想像する。一身上の大きな出来事を雨宮が教会に報告したことも考えられるが、「ことほがれ」の内容は何であるかはわからない。が、ことほがれることと同時に、心の軋みをも感じなければならないことのアイロニーが込められている。教会に行くことが、雨宮の生活に溶け込んでいるわけではない。緊張感をもっての出席である。それはやはり苦痛にしか過ぎず、かたちばかりのものであることを再認識する結果となったようだ。回帰は継続的な回帰とはならず、むしろ、更に教会から離れることを促したように思う。

肉体を運びきたりて会堂の祈禱のこゑにゆらぎつつあり

この歌で注目するのは、雨宮は教会に精神を運んできたのではなく、肉体を運んできたということだ。教会生活からも遠ざかっており、礼拝する信徒の群に久々に加わってみても、違和を感じるばかり。出席することへの主体的意義を見出せぬ空しさが吐露されている部分である。

神も懺悔も知らで畢《をは》らばたのしきか七星天道虫《ななほしてんたう》手に遊ばせて

麦熟るる　わが少年が青年となりし過程は知らでありしよ

幼いときに離別した子は雨宮の想念の中で少年に育っていた。歳月が過ぎ、その少年が青年となり、雨宮の前に出現した。それは前歌集『悲神』で既にうたわれている。現実には幼子のときしか知らず、少年期を見ずに突然、再会することの戸惑いはいかばかりであったろう。その不安は、もちろん期待の大きさが凌いだはずである。

初夏、黄金色に熟れた麦畑がひろがっている。再会時のよろこびと面映ゆさを思い出し、かがやくばかりの風景の中に佇む雨宮である。「麦熟るる」には（子の生育期には到底、実現など考えることすら及ばなかったことが)、穀物が熟れるように、ときが満ちて、天恵として叶ったという思いがあろう。成長過程を一切知り得なかった寂しさと共に。

雅歌よりの名をわれと子と頒ちゐて距つ月日のときに光るも

雨宮の名は雅子、子息の名は雅美である。歌の上では旧約聖書の「雅歌」から名付けたということになるが、現実をそのまま歌う方法を雨宮はとっているわけではない。雨宮の誕生時の環境からすれば、雅子という名は、もともと聖書とは無関係につけられたと解するのが自然であろう。

風の日の夜をきたれよいささかの楽《がく》をかなづる若者ならむ

長年月を隔てての再会を果たしたのち、子と時折会う機会が生まれた。その日は風の夜であった。音をたてて吹いていたのであろう。子の来訪を待つ雨宮には、その音も子の演奏する楽器の音を連想させた。はずむ心が見える。

にんげんの手がなすわざもよかりけむ水と霊もて人を浄めき

「水と霊」とあるので、洗礼式のことを回想した歌であることが分る。自身の受洗を思い返す雨宮である。神のわざとは言えど、所詮は一牧師の施した業、と不信に揺れるいまは思うこともできよう。教会生活も継続的とは言えぬが、受洗は雨宮の成人後の生の原点ともいうものであった。「人」という客観的な言葉を用いながら、この「人」は自身のことに外ならない。

むらさきのゆふべ漂ふ芝のうへ類《るい》をはなれしわれのさまよふ

魂のさまよいを抱えた雨宮の姿があらわに見える。紫の帳の降りたこの夕暮れも、芝生の上で自らの行く手の不確かさを思う。「類《るい》をはなれて」は、教会の信徒の群れをはなれてと解せられる。

禱るは苦禱らぬも苦の灯火ゆゑ房のぶだうに鋏を入れつ
このわれを耐へ給ふ神あるならむ霧に触れつつ鳥兜咲く
選ばれたる確信ありや聖歌隊そよげる葦のごとくうたふも
かぐはしく朝の目覚めに雪降れり殉教殉死絶えし世の空

一首目、晩禱のときが訪れた。しかし祈りを捧げる確かな対象をもたぬのに祈れるだろうか、という自己への疑いの歌である。「房のぶだう」は象徴的である。「ヨハネによる福音書」十五章五節に「わたしはぶどうの木、あなたがたはその枝である」と、教会と信徒との関係が記されている。その結実である房に鋏を入れる行いは、信仰を否という雨宮の意志の表明ととれる。

日のくれの枯芝の上《へ》に膝つけど髪もて拭ふみ足はあらぬ

長い髪は古来から女性の象徴であった。時代の移り変わった今日でも、そう言ってよいかと思う。雨宮自身が長い髪であったのは知る限りでは思い起こせぬが、現実の髪の長短とは無論、別である。雨宮に髪の歌が多いことは事実であり、『雅歌』だけでも十一首数えることができる。

掲出歌であるが、新約聖書中に登場するマルタの妹のマリヤ（ベタニヤのマリヤ）を念頭においてのものだ。高価な香油をイエスの足に塗ったその行いは、イエスに近づく「葬り」の日の用意として、イエス自身から教えられた（ヨハネ十二・三―八）。そのマリヤに比して、求めながらも顧みられることのないさびしさが、うたわれている。

嘆けとて口惜しめとてみづからの髪のなかにし睡るほかなき
朝髪も夕髪も垂れ禱りつつ怨嗟とならむきはみあらずや
霜月の風に曝して髪梳けりいかに梳くともぬばたまの髪
昼ふかき牡丹のかたへ髪なびくおのれは立てりおのれを出でて

一首目は失意の夜の眠りの姿である。枕に散らした髪の中に眠る様には、自己憐憫の危うさがある。二首目は自身の祈る姿とも、他者の祈る姿を思い浮かべてともとれる。自身のことと解釈するのが先ずは順当であるが、朝夕、敬虔に祈りを捧げる人に対しての、疑義の視線を含むとも考えられよう。

三首目は、過ぎた年月を思いながら、髪を梳く歌である。どんなに美しく髪を整えようとしても、漆黒の闇のままなのだ、と自らの救いようのなさを嘆く。雨宮にとって、髪は美やあたたかな情感を発露させるものというよりは、負の情念を託すものとなっているようだ。
四首目は、呪縛を逃れ、「おのれを出で」て自己に執することから解かれた日をうたう。

生の緒のきはをたたかふ父ならめさねさしさがみの雲囲《めぐ》らせて

一九八二（昭和五十七）年は父病没の年であった。雨宮が五十三歳のときである。父の血を濃く受け継いでいるという自覚があるためか、雨宮には母よりも父の歌が多い。人生上の危機のときには、絶縁状態にもなった父であったが、やがてそれも解けて、父との関係はもとに復した。

掲出歌であるが、当時、父は「さねさしさがみ」の語が示すように、相模の地に住んでいた。その枕詞の使われ方や、雲に囲まれて闘うというところは、一読して神話か旧約聖書の世界を思わせる。旧約聖書の中では、「雲の柱」や「霧」「密雲」と共に、モーセや神の姿、声が劇的に描かれている個所がいくつもある。

主はモーセに言われた。見よ、わたしは濃い霧の中にあってあなたに臨む。

（出エジプト記一九―九）

等である。父を、モーセや神になぞらえたわけではないが、雨宮の父の歌には父性への畏敬の念が見られる。父は愛しつつも、目標か憧憬とする存在であったのであろう。

亡骸《なきがら》はまことなきがら六月の火に浄むまで守りてゐしが

父は晩年、病を得て数か月の闘病生活を送ったようだ。作品と事実とは分けて考えねばならぬが、作品に従えば、桜や桃の咲く頃から六月まであったと思われる。父の最期の日が近づいていることを覚悟した二首と通夜をうたったものを抽く。

かすみ濃くなりつつ父の葬り花いづこなる手が培ひゐるや
命終に駆けてすべなし口惜しよ嚙み荒すごと桜桃を食む
父いまさぬこの世のひかりいつしんのお逮夜あけし畳のひかり

睡る間は神に身心かへさむに踏絵ふみたるごときあなうら

安らかな眠りは誰もが望むところだが、神への不信の思いがそれを妨げているのか。横たわる雨宮の足裏はいたみを感じている。踏絵を踏んだ後のような責めを思い、まんじりともすることがない。後ろめたさを引きずりながらの眠りを、思えば幾たび重ねてきたことだろうか、という歌意であろう。この作品に並び、次の作品が置かれている。

乾きたる針槐樹《はりゑんじゆじゆ》の黒実垂れ安息日《あんそくにち》のゆふべをふるふ

キリスト教では「安息日《あんそくにち》」は日曜日を指すが、日曜礼拝にも行かぬ不信の徒の心の重苦しさを象徴するかのような、鞘状の黒実が下がっている、というのである。

すこしづつこの世のひかり束ねては黄花あきなふ　神にあらずや

この作品は一見、明るさを感じさせる。しかし、父の死が迫りくる頃にうたわれ、しかも父の容体を気遣う一連の中に置かれているために、負の内容をはらんでいることが分る。「神」はこの世の巷間に現れ、花売りに身をやつして黄の花を売っている。ミモザかエニシダか水仙などの春の黄花を。神から「この世のひかり」（歳月）を奪われた人はその分、死という不幸を早く背負うのだ。そのような不吉な歌である。その歌が置かれている位置に注意することで、読みが深められる例なのではないだろうか。

弥生空さむき誕生の日を在りて強《し》ひられてゐる生き直しかも

三月二十八日が雨宮の生まれた日である。不安定な春の気候ゆえ、その日はうららかさとは程遠い日であったようだ。病みがちであった雨宮にこの頃起こった最大の出来事は、年月を経ての子との再会と交流の生まれたことであろう。母としての意識の再構築が行われたであろうことは、言うまでもない。「生き直し」とあるのは、その辺りの思いから発せられているのではないか。自然にわく思いからというよりは、「ねばならぬ」という要素をもった生き直しであることが、少し苦しげである。子を育てる母として生きる歳月は既に失われたものであったが、それを飛び越えて、ふたたび母として在ること、強いてそのように意識を向けてゆくことが、今求められているのだ。かつてのように、在ることを無いと等しいこととせねばならぬのも切なかったが、今、事態は全く異なる状況が展開している。その節目ともなる年の誕生日を迎えている雨宮なのであった。「生き直し」は言い代えれば、歳月の捉え直しでもある。「弥生空さむき」は、緊張感を促す語として働いている。

かの夏を生きのびしゆゑ噴水の夏剛直に立たねばならぬ

病を得て辛くも生き延びたあの夏を思い、噴水の穂先が勢いよく水を噴き上げるのを見て、自身を鼓舞しているのである。空へ向かって迸る水は命そのものに見える。

海の秀《ほ》の青魚《あをな》にかへれわが体《たい》を過ぎし懼れを夏と呼ぶゆゑ

自らへの呼びかけである。真っ青な海原をまず目の前に立たせ、あの自在に泳ぎわたる魚たちのように自らもまた、と願いを込める。「海の秀《ほ》」の「秀《ほ》」は、先の尖ったものを言う。よく「波の秀」などと言うが、ここでは海原を指すととってよい。

次は夏が果てて、咽の病に罹患した折のもの。

野の花を数へあげしがさびしもよ夏を越えたるわが声荒れて

世にうとく過ぎしいく日やみづからを養はむため白粥を炊く

この頃（当歌集は五十二―五十五歳の時期）も雨宮は体調の調わない日が続いていた。外出を控えることもあったのであろう。「世にうとく」はその辺の事情がうかがえる。幾日か家に籠り、健康状態の回復を待っていた。

「いく日や」の「日」は「か」と読むのであろう。「日」は「百日《ももか》」「幾日《いくか》」の読み方がある。

「にち」では一音多くなり、間延びしてしまう。雨宮は「や」という助詞を切れ字的に、あるいは間投助詞的に好んで用いた。ほかにも「樹の繁るあをき匂ひや」「冬咲きのこのひと花や」等がある。「や」にはその言葉の意味を強め、話し手の感動を伝えたりする働きがある。この場合、「いくかや」とはせず、「いくにち」として「や」を抜き音数を合わせる方法もあるが、「いくかや」として韻律に弾みをつけたのであろう。

調子を崩した身体を回復させるには、「食養生」が大切となる。白粥は白米だけの粥のことであるが、他の穀物や豆など何も入らぬ粥の白さには、素の食に還る清らかさがある。あたかも食によって禊をするかのようだ。

小恙《せうやう》のいとま瞼の明るけれ越《こし》の深山《みやま》の蕗ゆがきをり

「小恙《せうやう》」はちょっとした病気の意。気分のすぐれない日々の折節に、賜物のように晴れやかな時間の訪れることがある。「越《こし》」（越の国、北陸道）の産の蕗をゆがくことを思い立ったのはそんな日だったのだろう。蕗の下ごしらえをするのは手間暇がかかるもの。一時《いっとき》にせよ、この日の雨宮の気力の回復が想像される。茹で上がった蕗の鮮やかな緑色とともに。

室咲の花の息濃きかたはらに立ちてくるしき微恙《びやう》つねなる

温室で咲かせた花、たとえば洋ランなどのそばで息苦しさを感じている。病みがちな人は花の香りに敏感だが、百合のように強い香りを放つ花でなくとも、色や湿った息遣いにさえ、違和を覚えるものだ。日頃から有るか無しの恙《やまい》に悩む雨宮であった。

くれなゐの紙のごとくに戦《そよ》ぎつつ冬の牡丹は量感あらぬ

寒牡丹は色の乏しい季節にあでやかさを見せてくれる。寺社の境内などによく見かけ、冬に訪れる人の目を楽しませるが、やはり本来のシーズンのときよりも咲きぶりは慎ましやかだ。大方は防寒の菰に覆われて咲いているため、そのような印象を深める。紙細工のように花びらがそよいでいるのも、頼りなく寒々しい。人の手によって無理に咲かせられた花への憐憫も見えている。

くちびるをはなびらのごと描きたり鏡中の唇《くち》描きたるのみ

鏡に向かい口紅を塗るときには、その折々の思いが映し出される。あたふたと身支度を済ませて出かける場合はそのようなこともないが、少し丁寧に口紅を引いたのであろうか。「はなびら」とあるから、華やかな色の紅で唇は彩られたのであろう。しかし、どこか空しさの漂う歌だ。現実の肉体のもつ唇が装った感じはなく、鏡の中の「わたし」だけが装われた。鏡の中の虚像を見る「わたし」も実は存在していないのではないか。そんな不安感の湧く歌である。人は自身の実像を永遠に見ることはできない。手ごたえのなさに気づかされる瞬間である。

ほとばしるあしたのみづの音にさへ搏たれてあをむ春の静脈

早春の歌であろうか。「ほとばしる」に春先の明るさが感じられる。しかしながら憂いを含んだ一首である。「音にさへ搏たれてあをむ」は、冷たい水にじかにうたれて、というのではなく、音を聞くことにさえ怯む肉体であることを、感覚としてとらえている。春の訪れをよろこぶよりも、身体の調子のととのわぬまま厨に立つことの不安と怖れが背景にあると思われる。

病めるとは見えざる父か石蕗の花にかがよふ陽を目守りゐつ

庭に降りて散策をしていた父であろうか。つわぶきの花に目をとめて佇んでいる。鮮やかな黄色の花に降り注ぐ明るい冬の日差しは、太平洋側の関東地方特有のものだ。（当時、湘南地方に雨宮の実家はあった。）（父は難治の病気を抱えていた。かがやくばかりの日差しを見つめている父は、とても病む人とは見えない。矍鑠とした体軀からは、気力さえ感じられる。何を思って立つ父であろうか。難しいことは知りながらも、雨宮は快癒を祈りながら、父の姿を見守っている。

口惜しき父の死病や天狼の孤なるひかりを率《ゐ》てぞたたかへ

病む父への祈りのような応援歌である。天狼星は大犬座の首星シリウス。冬の夜空を彩る一つ星として目立つ。父にその孤独な光を率いて、病に打ち勝ってほしいとの悲痛な祈りを、星を仰ぎながら捧げている。

凩のころや父より享けしもの思へり父は素手にぞ立てる

雨宮にとって父は誇りであった。つよい父性をもつ人として、また人間として。雨宮はその時代の女性では大柄であるので、おそらく身体的にも父似だったのではないだろうか。受け継いだものは精神的な面をうたっているのではあるが。素手で立つことの潔さ、清々しさを雨宮

も また継ごうと決意している。

雲の夜や流れてやまぬ白雲や白内障の母われにある

「流れてやまぬ」とあるので、上空に風の強い夜なのであろう。夜空を仰ぎながら目を病む母を案じている。白雲をうたう上句は眼のかすむ状態との重なりを含みながら、危うく成立している。しかしその危うさはまた、雨宮の母を思う心の素直な流露なのであろう。雲の流れの速いときは、天候の変わり目でもあり、不安定さを表象してもいる。

荊冠の王たりし日のかのひとの暗赤色の空近づけり

「荊冠のかのひと」は無論、イエスのことである。夕暮れであろうか。何やら怪しげに空はかき曇り、赤みを帯びた雲が空を覆いはじめた。天候が変わり出したらしい。聖書ではイエスが荊の冠をかぶせられ、十字架につけられ、刑に処せられるときの模様を次のように記している。

既に昼の十二時頃であった。全地は暗くなり、それが三時まで続いた。太陽は光を失っていた。神殿の垂れ幕が真ん中から裂けた。

（ルカによる福音書二十三・四十四―四十五）

簡潔な描写であるが、ただならぬ気配が辺りを覆ったことが伝えられている。雨宮の作品では「雲」ではなく「空」となっているので、一部分ではなく、空の大部分をその暗赤色の雲が覆って来始めたのであろう。不気味な天候の急変である。「かのひと」という婉曲的な表現をとったのはなぜか。また「かのひとの暗赤色の空」と言葉をつないだのはなぜか。単に調べをととのえるためだけではなかったようにも思える。通常なら「かのひとの荊冠の王たりし日の暗赤色の空」となるだろうからである。「かのひとの暗赤色の空」とすることで、空までをもイエスが支配するかのような権威と迫力を感じさせてもいる。

ことばはうちに燃えたつならむ吾亦紅濃きくれなゐに凝りゆくまで

復活したイエスが二人の弟子たちとエマオ途上で出会ったときの記事は文語訳聖書には次のように記されている。

途《みち》にて我らと語り我らに聖書を説明《ときあか》し給へるとき、我らの心内に燃えしならずや

（ルカ伝二十四・二十三）

文語訳聖書を愛読していた雨宮であり、特にこの作品の中の「うちに燃えたつ」は文語訳との関連のある個所である。

いまだ濃き母なる血かも吾亦紅どっと風吹くたびまぎるるな

雨宮はよく吾亦紅をうたう。その独特の姿と「吾もまた紅し」という印象的な名のためであろうか。一般的にも詩歌にはよく登場するようだ。吾亦紅が自生しているところも今では少なくなったが、高原の草地や山麓ではまだまだ目にする。細長い茎の頭頂部に卵型の葡萄茶《えびちゃ》色の花をつけるだけの素朴な花だ。前項の、

ことばはうちに燃えたつならむ吾亦紅濃きくれなゐに凝りゆくまで

の作品では「濃きくれなゐ」とその色を美しく表現している。実物は暗赤色か葡萄茶色という地味な色合いであるが、この作品がリアルさを伝えているのは「凝りゆく」という時間の経過を把握したことにある。「燃えたつことば」が凝るまでの時を経て、確かなものとして裡に定着したことを言っているからだ。

「いまだ濃き」の掲出歌は、「血」の色から吾亦紅への転換がきわやかなものとなっている。

ただ一度受胎せし日はとほけれどこの水盤に活《い》ける水かも

一人子を身籠ったことは何よりも雨宮の身体の記憶としてある。「この水盤」は自身の身体であり、身籠った記憶は身のうちの「活《い》ける水」と等しいというのである。「活《い》ける」はこの場合、決して死なない、という強い意味で用いられている。「受胎」は「受胎告知」を思わせ、「活《い》ける水」も、キリスト教的な言葉（ヨハネによる福音書四―十一）である。

肉体に花咲きし日をたたへなむ蜂の唸りのまつはるときに

あたたかな日差しの中、一匹の蜂がまつわりついた。うるささよりも、ふと自身が花にでもなった気分になった。雨宮にとって「肉体に花咲きし日」は、ただ一度の受胎の日であった。幸福な記憶を繙くとき、風景は明るみ、身も心も満たされる。かの聖母マリアは受胎を受け容れつつも、畏れ戦いたのであったが、雨宮にはその日はただやわらかな記憶としてある。

恃めるはこの世にあらずと説くを聴く鴉よ汝も祝福されむ

「説くを聴く」とあるから、教会などで説教を聞いている場面を想像しやすいが、必ずしもそうとる必要はなさそうだ。書物や映画などで、間接的に説教を聞く場合もある。特にこれは聖書の中でイエスが説教している事柄でもあるので、聖書そのものから雨宮はメッセージを受けた、と思われる（雨宮は教会生活から既に遠くなっていた）。

烏のことを考えてみなさい。種も蒔かず、刈り入れもせず、納屋も倉ももたない。だが、神は烏を養ってくださる。
（ルカによる福音書十二―二十四）

とあるように、日々の生活のことで思い悩むのは無用のことであり、ただ神に信頼する大切さが奨められている。鴉は「鴉の濡れ羽色」という美しい形容にも用いられるが、洋の東西を問わず、忌み嫌われるイメージを負っている。聖書では鴉を、荒廃したところに棲み、死者の目をつつく不気味なものとして描いてもいる。しかし、よく知られた旧約聖書中の「ノアの洪水」の物語では、水が引いたかどうかを見にゆく栄《は》えある役目を、鳩より先に担った（創世記八―七）。新約聖書では先に上げたように、疎まれがちな鴉に、むしろイエスは生活の安けさを見て、弟子に教えたのであった。

春の靴えらぶとまどふわが背後すぎたる誰ぞ黒き翅もつ

これには黒い羽をもった生き物がうたわれている。「翅」には鳥類昆虫類の羽の意があるので、鴉とも蝶とももとれる。「春の靴」とあるから、「蝶」と解するのが順当のように見えるが、春の靴店で靴を選ぼうと背を屈めている後ろを、鴉が低空飛行をしていったとも考えられる。靴店の窓か軒近くを。「黒き翅」に不吉な予兆が読みとれ、「誰ぞ」に何かの使者であるような気配がある。そして、この歌に並び次の歌が置かれる。父の死が迫っていた春のことであった。

　啼くこゑの〈よろこび鴉〉草萌黄若葉萌黄の朝さやがせり

〈よろこび鴉〉は死の近い家の付近で鳴く鴉を指していよう。

Ⅳ 『秘法』

熟れてゐる果実のかたへ静物となるべく秘法われに教へよ

第四歌集『秘法』は一九八三年以降、五年間の作品が収められている。掲出歌は歌集のタイトルともなっている。一点の静物画、たとえばセザンヌなどのそれを思い浮かべてみよう。林檎やオレンジが卓上に置かれ、花瓶がある。「熟れてゐる果実」は完成されたもののひとつの象徴ととれる。その傍らに調和を破ることなく置かれている陶器、ガラス瓶など。雨宮は完成された絵の中のモチーフとなり、永遠に自己を閉じ込めておけたらと願ったのかもしれない。自らの存在の卑小さと脆弱さを思って。いくたびも病み、いのちを保ち続けることへの不安を抱いた雨宮は、『秘法』のあとがきにこう記す。

ふりかえってみて、一冊ごとに、「生きられたのだ」というのが私の実感です。ないものねだりを「秘法」と思ったのが、そのまま歌集の名前となったものです。

サマリヤの麦秋のうへ思ほえば世を過ぐることば世を超ゆることば

「サマリヤ」は古代パレスチナの北部地方、新約聖書時代におけるローマの行政区域であった。北はガリラヤ、南はユダヤ、東はヨルダン川によって囲まれていた。サマリヤの住民は権力者の争いによって幾度も土地移動を余儀なくされ、次第に雑婚が起こった。異教的色彩の強いところであり、ユダヤ人は異教化したサマリヤ人を軽蔑した。こうしてユダヤ人とサマリヤ人の反目は長く続いたと言われている。しかしイエスは、「スカルの井戸」で水を汲んでいた女に伝道したり（ヨハネによる福音書四・一―二十六）、「よきサマリヤ人の譬え話」（ルカによる福音書十・二十―三十八）を語るなどして、この反目を克服している。

掲出歌の初句の「サマリヤの麦秋」という語は、聖書中の特定の記事によったものではなく、おそらく雨宮の詩的直観によるものであろう。サマリヤの野で落穂拾いをする人らや、熟れた麦の上を吹きわたる風などが連想されるすぐれた措辞だと思う。「世を過ぐることば」は、はかなく消えていってしまう私たち人間の数多の言葉、そして「世を超ゆることば」は、時代を超えて語り継がれてゆく言葉、すなわち聖書そのものか、永遠性をもつ類の言葉を指していよう。

次の歌の中の「書」も聖書を指している。

はじめに書ありと思ほえるまでしばしばも閉づる書われを搏《う》ちやまぬなり

刈られゆくすすきかるかや露の萩わが歳月を刈るは何者

「刈られゆくすすきかるかや」（傍点筆者）と、カ行の音の心地よい一首である。「かるかや」は刈る萱《かや》のこと。本来は屋根を葺くために刈り取る草の総称であるという。また、すすきの異名を「かや」とも言うので、ここでは語調をととのえるために用いられているととってもよいであろう。「露の萩」と、露に濡れた花群を描写することで、秋の草原一帯の情景を描きとっている。美しい日本の風景に、「刈り入れ」というきわめて聖書的な言葉を絡ませて、キリスト教の終末観、審判、応酬に触れた歌として、雨宮独特の世界を開いている。

和と洋のはざまで生きることは、日本のキリスト教徒にとって、しばしばひとつの課題となる。そんな課題を潜ませて雨宮はうたっていると思われる。そのようなことよりも、広々とした秋草の草原の中で、自らの終焉のときに思いを巡らせている作者の姿を考えればよいのかもしれない。しかし、のちに離教し、日本の自然の中に溶け込むような生き方を選びとった雨宮のことを思うとき、やはり等閑にすることができないキリスト教徒としての問題である。

聖書に「収穫とは世の終りのことで、刈る者は御使いたちである」（マタイ十三・三十九）、「かまを入れて刈り取りなさい。地の穀物は全く実り、刈り取るべき時がきた」（ヨハネの黙示録十四・十五）、「涙をもって種まく者は、喜びの声をもって刈り取る」（詩編一二六・五）などがあり、「刈り入れ」は応酬や審判の象徴とされていることが示されている。

一管のごときおのれか風湧きてめぐり笹鳴るみすがらに鳴る

この一首は、自然の中に身をおき、自然との一体感のよろこびを色濃く歌い上げている。これもまた、日本の土壌に生きる、一方の雨宮の姿である。

水汲むも流すも炉辺のことならずさざん花しぐれあかるく過ぎて

山茶花は雨宮が好んで歌う花のひとつである。第一歌集『鶴の夜明けぬ』の巻頭に、次のような印象的な一首が置かれている。

きららなす霜のあしたを明らけくこの生の緒や白きさざんくわ

この一首をはじめとして、第一歌集に山茶花の数首が収められており、初期歌集の頃から心を寄せている花木であることが分る。

「きららなす」の歌の「生の緒」という言葉に象徴されているように、それらの作品はいくたびもの闘病に関わる苦しみや、生命のよろこびに事寄せてのものとなっている。その後も繰返し雨宮が歌い続けているいくつかの花の中でも、大切な存在であることが感じられる。「水汲むも流すも」は、日々の厨仕事のことととってよい。「炉辺のことならず」、つまり火を焚き、家事を行うというつとめ、というわけではないのだが、そのことと同じように、山茶花は自らのつとめとして、つめたい初冬の雨をその花びらに受け、濯いでいる。身の引き締まるようなその花の鮮烈な営みの姿を眺めながら、雨宮は慰藉を見出し、また鼓舞されているのだ。「山茶花しぐれ」という言葉が、たおやかでありながら、凛とした美しさを醸し出している。

さざんくわの花の推移も見つくして強霜《こはじも》のあさ白飯《しらいひ》を炊く

山茶花は晩秋から初冬の花であるが、意外に早く咲きはじめ、気がつくとかなり咲きすすんでいることがある。花どきに注意深い雨宮は、毎年開花を心待ちにして、その一部始終を見届ける。冬の予兆のその花は、新しい季節の息吹を送り込んでくれる。来るべきその季節がたとえ厳しいものであっても。

「強霜《こはじも》」は「大霜」のような、降り方のひどい霜の状態を言う。「白飯《しらいひ》を炊く」には四句までを受けての、自身の一日を始めるときの静かな決意が述べられている。

時超ゆるちからを得しか病みびとはうすら陽とどまるごとく笑へり

歌集『秘法』の歌われた時期に、雨宮の伴侶であり、文学の同行者である竹田善四郎は、病を得た。掲出歌の収められている「河」の章は、病む夫を看取る連作となっている。

天の冷え伝へてひらく白梅に刑余のこころもちて寄りゆく
あひともに天いただかず点滴を享けゐる夫はきさらぎの河
憂ひなき病《やまひ》にあらむ蘭の辺にきさらぎ淡く雪舞ひはじむ

などの、不安と戸惑いのにじんだ歌が並び、やがて夫が回復へと導かれたことへの安堵の歌へと、変化してゆく様が見られる。

「時超ゆる」の作品のすぐ後に、

風の朝出や白き扉を閉ぢたるは竜骨さむき夫にしあらむ

が続いているが、朝、外出してゆく病後間もない夫を気遣う雨宮の心持が、率直に表されている。「竜骨」は、船底の中心を船首から船尾にかけて通した材で、船体構造の基礎となるものである。その骨格をあらわにした船のイメージに、夫のいたいたしい、病み上がりの様子が重ねられている。

冒頭の「時超ゆる」の歌であるが、術後の危機の時を越えたのだという確信が、おのずと微笑となって、病み人の表情に表れたことを、雨宮は見逃さなかった。もっとも近くにいる者としての手応えとして、回復期へ向かい始めたことを感じ、静かなよろこびと安堵とを、雨宮は得た。夫の浮かべた微笑は、曇天の続く日、ようやく薄く陽が差してきた様に似ている。薄ら日はすぐに翳ってしまうものではなく、そのまま差し続けている。雲が切れて、次第に晴れ上がってゆくのだ。病み人の浮かべた微笑を「うすら陽とどまる」という卓越した比喩で表し、雨宮は病者を見守る日々のひそかなよろこびを歌いとめている。

をとことはいさぎよかりし絵のなかの荊冠はまたわが血を濃くす

「荊冠」を冠った「をとこ」は無論、イエス・キリストのこと。そのキリストの最期の磔刑の場面が描かれたものを雨宮は見ている。何度も目にしているのだが、その度に心を奪われる、というのだ。彼の男気に。イバラ（荊）は、乾燥したパレスチナには多く、繁茂していた。農耕の妨げになるほどだったというが、そのためか、悪人、イスラエルの敵、呪いなどの象徴となっていた。鋭い棘のあるイバラの枝を撓めて作った冠を冠せられ、十字架刑に処せられた男、キリスト。救世主というよりは、男として、この時、雨宮は彼を身近に感じていた。人類の罪の身代わりになり、侮辱と辱めを受けて、痛ましい最期を遂げた神の子。だが、そのような宗教上の定義、神の子としてより、一人の男として（あるいは革命者として）彼に尊敬と親しみを感じた瞬間をうたう。

ゆきずりにあるもあらぬも影を濃く過ぎにしものををとこといはむ

という作品が、「をとこは」の後に一首あけて置かれている。ここには雨宮にとっての「男」の定義が歌われている。いわゆる男性という総称的なものではなく、自身にとっての男としてである。ゆきずりであっても影を濃く落としてゆく人、そうでなく、初めから関わりを深めてゆく人、だんだんと深まってゆく人もある。女性にとって、まずこの世で初めて出会う男性は、父、兄弟であろうか。やがて友人、恋人、夫などが加わる。雨宮にはそれにイエス・キリストが別格として参入する。

磔刑像でも様々に描かれるイエス・キリストであるが、その時代や画家の思いを反映させて、逞しくも弱々しくも描かれる。キリストをセクシュアリティーの対象とし見ている雨宮の、キリスト教に対する立ち位置も、心に残る点である。掲出の二首とも、男の精神の在り方や、自身との関わり方を言っており、視覚的な面を上げてはいないのだが。一首目は現在形なので、この時点でも関わり続けている男、ということになる。いわば「男の中の男」と、生身の親しさを感じながら、キリストを讃えているのである。

指に解く菊花の匂ひ喪の匂ひ識りゐて知らざるやうなる匂ひ

この歌の菊はどんな花束なのであろうか。菊は仏花として用いられるので、そのようなものであろうか。たまたま生け花の花材として雨宮が手に入れたもの、ととってもよいだろう。菊は小菊、中菊、大菊と様々であるが、いずれもメモリアルとしてのイメージがつきまとう。よき日にも、悲しみの日にも。香り高い菊の花は、その葉や茎に触れるだけで指に匂いが移るほどだ。花束をほどきながら、すぐに思い浮かぶのは、通夜や告別式のこと。故人に捧げられた白菊、黄菊の香の漂う祭壇。集う人々のざわめき、垣間見る遺族の沈痛な面持ち。だが、と雨宮は思う。それらに触れ、一通り、人の死に遭遇したときのことを知ってきたつもりではあったが、それらは死の周縁のことであって、死そのものではないのだということを。「識」「知」の文字を使い分けていることにも、注目する。

夜といふ時間の流れ睡るとはつひなる闇に馴れゆかむため

眠りの続きに死があるなら、平安な死を迎えられると考えられる。がそれは、生きている側の推測や論理である。生きている者にとって、死は未知であるから、死後の世界は想像するばかりである。夜、眠りにつくときに横たわるかたちは、死の模倣のようだ。眠りと死とはひと続きのように見えて、異なる。眠っている間も私たちは意識を失うことはない。眠りに入るときにとる形が、死に対する恐れをいくらかでも薄めてくれるのではないかと、人は夢の中で、現実に起ることへの不安を取り除こうとするのかもしれない。「つひなる闇」は誰にも訪れる。

五月はや先史の木乃伊《ミイラ》膽《まも》れるは髪あをむ日を生きゐるわれか

「あをむ」は青ざめるの意をもつ。「髪あをむ」は髪が白くなってゆくことである。「はや」で「五月」を強めているので、ものの命が輝き始めるこの季節に、ミイラを、死を見つめている、何ということか、私は、という思いが込められている。古代エジプト展などの展示を見てのものであろう。

塩山《えんざん》にえにし踏みつついくたびかわが生の緒をあられすぎたり

雨宮には「わが歌まくら――塩山」と題するエッセイがある。昭和六十三年七月二十三日「朝日新聞」に掲載されたものであり、現代短歌文庫『雨宮雅子歌集』（砂子屋書房）に収録されている。東京生まれの雨宮であるが、エッセイでは自身の父祖の来歴について触れている。山梨県塩山に曾祖父の生家があることが分ったのを端緒に、その地を訪れるようになった、とある。古刹を訪ね、その奥地の川湯温泉へ足を延ばすということが繰り返されていった。恵林寺は武田信玄の菩提所。そこで見た宝物館の出陣之図の中に雨宮姓を発見し、騎馬隊の先陣という配置から、雨宮の祖先に対するイメージはふくらんでいった。以後、勇壮な末裔の一人として、しばしば歌材とした跡が見られる。それは祖先を誇りかに思い、自身を鼓舞する源ともなった。

掲出歌であるが、そのような折、山間の地を霰が過ぎていった。いくたびか、と歌う。「生の緒をあらわれすぎたり」という下句が、いかにも象徴的手法をとる雨宮らしい。霞は実景であるとともに、さびしさや生きゆくことの寒々しさの表象でもあろう。

星と星ふれあふ峡の空のした定住ならぬ有漏の身さむし
荒魂のみ祖《おや》たどれば甲斐のくに水晶のくに夕映ならむ
青葱のあをき隊列甲斐びとの裔なるわれを甦《よみがへ》らしむ

一首目、「有漏」（うろ）は仏教用語で、「漏」は煩悩の意、つまり煩悩のある状態をいう。山間の研ぎ澄まされた大気のもとで、定まらぬ身の心許なさをうたう。二首目は父祖を遠く偲ぶ。あらたまは普通、「新魂」「粗魂」と書き、年、月、日などの枕詞である。ここでは自身のルーツをたどる気持ちから「荒魂」を用いたのであろう。荒々しい魂、即ち勇壮なる魂の、ということである。「夕映ならむ」には、はるかに父祖を称える心が込められていよう。

キリストの顔にあらざる証《あかし》なしルオーの道化の背後なる闇

フランスの画家ルオーは新たな宗教画の在り方を示したが、その作品には道化師《ピエロ》がよく描かれる。ルオーにはキリストの受難をテーマにしたものが多い。ピエロもまた様々に描かれた。苦悩や愛などの人間感情を離脱した一次元高いものとして描かれたほどに、ルオーとピエロは切り離せないものとなっている。キリストも人間的苦悩を味わったとされているが、ピエロもいつしか、キリストと渾然一体となった昇華された姿として、雨宮は鑑賞したのだろう。「背後なる闇」が、信仰の世界に魅かれつつうたう雨宮の揺れる思いを表している。

受難節よみするごとく遠山の梢はつかにくれなゐきざす

受難節は復活祭までの四十日間をいうが、年によって復活祭の日は異なる。そのため受難節も早いときは早春から、遅いときは三月中旬頃に始まる場合がある。この年は比較的早く、受難節入りしたと考えられる。この作品の前後に紅梅白梅をうたったものが置かれているためである。

「よみする」とはどういうことかと、一瞬思わせる歌である。受難節には、大抵、負のイメージが伴う。がこの場合「よみ（嘉）する」心の働きは、春をたたえるということから来ているのだろう。春の訪れをよろこぶ「春の族」という一連の中に置かれているからだ。しかし、同じ章の中にある次は、揺れ動く信仰の苦しさが見えている。

信仰といふ字かさばる葉書きて信ずるさへや苦楽のはざま

葉書は教会からの案内のものと想像される。「かさばる」は目について鬱陶しい様をいうのであろう。教会から諸事情のため遠ざかった雨宮は、このときには「遠ざけたい」気持ちになっていたことがうかがわれる。

愕《おど》きて思ふことあり父母あらぬ世に立居なし飲食なすを

「飲食」にルビはないが「おんじき」と読みたい。肉親を失って日を経た頃、ふとそのように思うことが人にはある。

遺された者が生き継ぐのは当然のことでありながら、後ろめたさのようなものを時にまとうのはなぜか。長じて自立したのちも、どこかで心の支えであったその父母の存在せぬ世に、以前と同じように起居し変わらぬ日常を送っている自身を見出して、愕然とするのである。大切な人を失う恐れにとらわれ、また失ったあと悲嘆にくれた日々は紛れもないのに、いつしかそのことが薄れていて。

父母逝きし三とせのはざま茱萸《ぐみ》熟れてつばらかなるは風に揺れをり

父を見送り、母を見送ってのここ三年ほどであった。野には茱萸が熟れている。「つばらか」は細々《こまごま》とした、の謂いであるが、その紅の小さな実が風に揺れているのを見ると、郷愁に誘われる、というのである。父母の看取りの日々は、慌しく悲しく過ぎたが、それも今は懐かしささえ帯びて思い出される。

いかならむゆめの夜明けて朝光《あさかげ》に母の白髪梳くと膝つく
父なき世母あらぬ世もきたるべし夜の底《そこひ》に湯はあふれをり

死に近い母を看取っていた頃の作品二首。一首目は母との穏やかなひとときが歌われる。年輪を重ねた母の白髪は、朝の日に美しく輝いていたことだろう。「膝つく」が、母にかしずく娘の姿をつつましく伝えている。
二首目は、母を看取って一日を終え、湯に浸るとき（既に父は他界していた）母を失う日も遠くないことを思う。「夜の底《そこひ》」は時間的な、深夜ととれると思うが、一方で近しい者を喪失することの絶望を表してもいる。あふれる湯はあふれる悲しみの喩でもある。

あをみゆく冬あかときを逝く母のみづがねいろの髪なびくなれ

合歓の花うす紅さそふ樹下なれば真の信なき者としならむ

「万葉集」には「昼は咲き夜は恋ひ寝る合歓の花」とあるが、合歓の花は本当は夜の花であるという。たしかに、その葉は夜、閉じるのだが、花は夕方ひらき、そのまま朝まで咲き続ける。私たちがそれに気づかぬのは、昼間、遠目に見ていることが多いせいだろう。合歓は暖かい地方によく自生している。「合歓」という漢名表記からくるイメージ、葉が夜間ぴったり合わさる「就眠運動」をもつこと、そしてあのやさしい夢見心地のする咲きぶりから、慰藉や官能的なものを感じさせても、勤勉さや清新な世界からは遠くなってしまう。そのような合歓に誘われるように木の下に立つ雨宮は、自らを真の信仰をもっていないのではないか、と疑う。このような作品に触れるとき、対照的に浮かぶ一首に次のようなものがある。

蘭の葉に月差してをりリゴリストわれに賜へる聖夜なるべし

聖夜を迎えた室内には蘭（洋ランであろう）の鉢が飾られてあり、窓から葉の上に月光がさしている。本来なら教会のクリスマス礼拝に行くのだが、教会を遠ざかって久しい。そんな孤独な思いでいると、月光が及んでいるのに気づいた、というのである。蘭の葉の、艶はありながらどこか重厚な感じが、「リゴリスト」という言葉とつながるようだ。「リゴリストわれ」という自己規定に雨宮らしさを見る。「リゴリスト」（厳格主義者）であることの自負と重荷と、おそらく雨宮の裡には二つの思いがあったのではないだろうか。リゴリストには、その人の生来の気質もあるが、生育過程で培われたものもあるにちがいない。このとき雨宮の胸を去来するものは何だったのか。厳格にものごとを考えるあまり、いささか身動きのとれぬ不自由さを思っていたのではあるまいか。おそらくキリスト教に対しても。しかし、そのような雨宮の部屋に、聖夜の月光は恩寵のように差してきた、というのである。

誇り高く生き終へたしと思へるは父より継ぎしただひとつにて　『鶴の夜明けぬ』

には雨宮の父への憧憬と「誇り高さ」を受け継がんとする意志が示されている。誇り高く生きることには、生き方への厳しさも自ずと課せられることになろう。リゴリズムと自由さ、磊落さは、雨宮ならずとも私たちの中で、ときに背中合わせになって存在するものかも知れない。

V

『熱月』

革命はつつみこみしか花月《フロレアル》熱月《テルミドール》と季節のありき

『熱月』は第五歌集であり、一九九三（平成五）年に刊行されている。掲出歌は歌集のタイトルともなっている「熱月」の歌である。この一首を文字通り解釈するなら、「革命」はフランス革命（一七八九―一七九九）を歌っていることとなる。ちなみにこの時代にフランスで用いられた共和暦は次のようなものであった。

葡萄月（9. 22～10. 21）　霧月（10. 22～11. 20）　霜月（11. 21～12. 20）　雪月（12. 21～1. 19）　雨月（1. 20～2. 18）　風月（2. 19～3. 20）　芽月（3. 21～4. 19）　花月（4. 20～5. 19）　牧月（5. 20～6. 18）　収穫月（6. 19～7. 18）　熱月（7. 19～8. 17）　実月（8. 18～9. 16）

そのすべてを引いてみたが、どれも詩情あふれる月の名前である。しかし実際にはこれらの月名とは裏腹に、血に塗れた時代であったことは、雨宮もこの歌集のあとがきに記している。そして「革命とは無縁だが、私暦をあえて『熱月』とした」とある。一度ならず大病を患った雨宮の起伏ある年月は、まさに私的な戦いの日々であったことは想像にかたくない。生と死を分ける病との戦いはすなわち激しい心の戦いを伴う。「花月」とも言うべき若かりし華やぎの季節のあとに待ち受けていたのは、熱い戦いの季節であったというのだ。作者自身の身体にトラブルの起こったのは、実際にも夏の暑い季節が多かったと述懐している。

一見、知的でクールな作風である雨宮作品には思いの外、「あつい」歌が多いと感じている。

そのあつさ（熱さ、暑さ、厚さ）の根源を見る思いのする一首だ。

をりをりになんの謀叛《むほん》かきざすゆゑ飲食《おんじき》あつくあらねばならぬ

「謀叛《むほん》」という語からは、斎藤史の評論の著書なども持つ雨宮であるので、すぐにその関連のことを思い起こしがちであるが、この場合もやはり自身の身体の中に起こる謀反（病気）を指すのであろう。いつ反乱の声を挙げるとも知れぬもののために、日々の飲食は懇ろにしなければならないというのだ。

イースターハット競ひたる日もはるか春草粥に六腑やすらふ

「イースターハット」は春の祝祭とも言うべき復活祭の日に、婦人や子供たちがはれやかに着飾って被る帽子である。日本のキリスト教会で習慣化しているとは言いがたいし、そのような光景もあまり目にしたことがない。雨宮にはカトリック系の学校に通っていた姉妹があるので、あるいは少女時代の姉妹間での思い出であるかもしれない。そのことは兎も角、雨宮は帽子の似合う人である。実生活でも愛用していたことが、過去のグラビア写真からもうかがわれる。上句は、ヨーロッパ的な文化やキリスト教的な習慣に親しんだ日も遠くなってしまったという感慨が込められている。下句は、今は七草粥（東洋の春）に身も心も安堵を覚えるようになっている自身をしみじみと述べている。この頃はまだ離教していたわけではないが、夫君の死後、しばらくして決然と行った離教（本人は「棄教」という強い言葉を用いているが）の前奏となっていると考えるのは穿ちすぎであろうか。西洋文化に広く親しみながら、結局はキリスト教から遠ざかったのは、病気療養や身辺の変化の多さから教会に行かず（生きたキリスト教に触れる機会も失われた）、孤独に聖書と向き合わざるを得なかった事情もからんでいよう。

寒夜ひとり魚卵をほぐす受洗より三十余年の信なほ難《かた》く

いくらなどの魚卵をほぐす面倒な厨仕事をしながら、ふと雨宮は自らの来し方を思う。若き日にキリスト教に触れ、洗礼を受けた。その日から長い年月を経たのに、未だに信仰は確かなものとはならない。ひとり魚卵をほぐす姿は、教会を離れて、孤独に聖書を読み解こうとする雨宮と重なる。真摯に求めながらも手探りで聖書をひもとくもどかしさ、空しさ。だが信仰は知識によって養われるものではない。空気のようでもあり、風や匂いや音の力などによっても養われるもの。雨宮はひそかにそれらの欠乏を感じながらも、迷いがあったのであろう。

草木《さうもく》の思想にかへるわれならず零余子《むかご》の飯を吹きつつ食ぶ

溺れさうになる茜雲　干物をとりこみたるは帰投のごとし

いつまでも眺めていたい夕焼けに出会うことがある。その予期せぬ恩寵のような時間が与えられることはそう多くはない。幾度か転居を重ねた雨宮であるが、この頃は江東区の高層マンションの九階に住んでいた。ベランダに出て、干し物を取り込もうとすると、目の前に夕焼けがひろがっていた。

「溺れさうになる」は、高層から一望する海のような雲の景を、体感的にとらえている。（当時は、まだ超高層マンション時代ではなく、遮るものの少なかった頃だ。）刻々と色を変えてゆく有様を眺めて茫然と立ち尽くしていると、やがて灰色を帯びて、静かに薄闇が降りてくる。我に返った雨宮は、洗濯物を取り込みはじめる。「帰投」は、航空機や艦船などが基地に帰り着くことであるが、自然の織り成す見事な景観に見惚れて、自失したかのような状態から現実に引き戻されてゆくときを、巧みに比喩で表している。

高層のマンションに起居していた時期は『熱月』とその後の『雲の午後』の制作時期に当たり、両歌集には窓から眺める雲の様を詠んだものが多数ある。雲や空のひろびろとした世界との交感が、雨宮の詩想を更に開いていった時期とも言えよう。

夕暮は青布《せいふ》いちまいひろげたり死後のごとくにつつまれ行かむ
蜂蜜の濃き金いろの瓶立てり九階の窓を雲密閉す
夕映のうつくしすぎるを見放《さ》けをり――「そして誰もいなくなつた」
うちなびき遠天の雲ばらいろは恋ほしきもののひとつならずや

空や雲ではないが、ほかに江東の地をうたったものに次のような作品がある。一首目の「乳と蜜」は旧約聖書に由来する。

乳と蜜流るる土地をこばみたる裔にてわれら棲む石の町
江東の夜のうす霧あをあをと身より虫の音湧きたつごとし

飲食を共にすることたいせつと思ふ取税人ザアカイ思ふ

人が一生のうちで誰と飲食を共にするかは大きな問題でもある。大家族で構成されていた過去の時代はともあれ、現代ではとりわけ大事に考えねばならないことであるかもしれない。核家族化が進み、一人一人が多忙になっているこの時代では、つとめて食卓を共に囲むようにしないと、いつの間にかすれ違った生活に陥り、互いの心を見失う。「孤食」というさびしい言葉さえ生まれている。

雨宮の歌には厨房で立ち働く中から歌われているものが多く見られる。便利になった世の中ではあるが、食事を調えることを厭わず食生活というものを疎かにしなかった人であることが覗える。

「ザアカイ」は取税人の頭であったと、「ルカによる福音書九・一―十」にある。ルカ伝の書かれたのはAD七〇―八〇年頃とされているが、ローマ皇帝が支配していたこの時代、民衆からの厳しい税の取り立てが行われていた。ザアカイはその厳しい税の取り立てをした集金人であり、いわばローマ帝国の手先であった。しかしローマへ収める金額以上に、できる限り地方より金を絞り集め、余分の金を自分のもうけとすることが多かった。それゆえ取税人らは民衆から非難、排斥を受けていた。イエスはそのような取税人や罪人（遊女など）の友となった。人々から嫌われていたザアカイはイエスから声を掛けられ、食事を共にした。そして回心したという物語がこの一首の背景にある。聖書中の一話と、飲食によるつながりという今日的なテーマが結びついた一首である。

ざくざくと大根切りて昼餉なす孤なる暮しのはて懼れつつ
夫も子もきづなとなるなもの煮ればもの煮る匂ひ賑はふごとし

脛きよくをとめ歩むに雅歌は叙す「われらが床はみどりなり」

旧約聖書には「創世記」「出エジプト記」など、三十九編が収められているが、「雅歌」はそのうちの一つである。「雅歌」のヘブル原典の書名は「歌の歌」で、「もっとも美しい歌」の意であるという。その第一章一節に「ソロモンの雅歌」という言葉が出てくるが、著者はソロモンではなく不明のようだ。内容的には、一見、聖書らしからぬ人間男女の愛が大らかに美しく歌われている。その通俗的な男女の恋愛歌集を解釈するに当たっては、「神とイスラエルの関係を比喩的に歌ったもの」「キリストと教会との愛の関係」「キリストと信者の関係を象徴的に歌ったもの」などと捉えられている。

もとは当時の通俗的な民謡のようなものを集めたと考えられており、この書が正典として聖書に取り入れられるには多くの議論がなされた。正典化は遅れて、ＡＤ九〇年頃であったようだ。

掲出歌であるが、「脛」は「はぎ」または「すね」の読み方があり、どちらとの作者の指定はないが、明るい響きをもつ「はぎ」と読みたいように思う。「雅歌」の第一章十六節に「わ

が愛する者よ　ああ　なんぢらは美はしくまたたのしきかな　われらの床は青緑なり」とあるが、四、五句目はそこからの引用である。まだ具体的な男女の愛を知らぬ清らかな乙女への誘いを雨宮は危ぶみ、気づかっているかのようである。

「雅歌」という言葉への雨宮の思いは深い。自身の名前の雅子は「雅歌」の「雅」であり、同名の歌集『雅歌』をもち、歌の集団「雅歌の会」を率いる。格調高く雅な香りをもつ雨宮の作風にふさわしい命名である。口語訳の旧約よりその一部を記す。

わたしはシャロンのバラ、谷のゆりです。おとめたちのうちにわが愛する者のあるのは、いばらの中にゆりの花があるようだ。わが愛する者の若人たちの中にあるのは、林の木の中にりんごの木があるようです。　（雅歌二・一―三）

首あをく鳩歩みをり睡る間に越えたることのいくつかあらむ

雨宮の作品には、様々な角度から鳥が歌われている。その中の「鳩」は、聖書では愚かさを意味する場合もあるが、無邪気と平和の謂であったり、「聖霊」の象徴として登場したりする。「首あをく」には、満ち足りた眠りのあとの清々しい感覚が投影されている。この鳩は愚かしい生き物としてではなく、穏やかな一日の始まりの予兆として目に移った鳩だ。心地よい睡眠が得られた後は、前日までの疲労感が消え、気力も充溢する。まことに、よき眠りはたくさんのことを越えさせてくれる。

眠りの歌では次のようなものもある。眠りに落ちてゆくときのよろこびを率直に言う上句を、巧みな下句が支えており、肉体の幸福感が二、三句の平仮名づかいのやさしさと共に伝わってくる。

肉体《にく》のみとなれるよろこびすいみんの夜《よ》のさざ波に曳かれゆきつつ

また歌集の後半の方に次のような一首がある。

胸もて水をわけくる鴨をけふうとみ胸張る鳩をきのふうとみつ

こちらには聖書的な意味を含ませたものとしてではなく、自身に引きつけたものとして鳩と鴨とが歌われている。若き日よりいくつもの病気と向き合うことを余儀なくされた雨宮であるが、その一つとして乳房切除の手術を経験してもいる。「胸」を押し出すようにして水を分け、進んでくる鴨や、「鳩胸」という言葉にも見られるように、ことさら胸を張って歩いている鳩を目にする度に、その鳥たちの対極にある自らを思い、心が塞がれたようになる。

右乳房あらぬを冬は忘れゐて桜みるとき感覚ありき

という歌もある。季節が巡ってくるたびに、昔の手術跡にきまって違和感を覚えるのである。寒い時期は忘れていて暖かさの返ってくる頃になると甦るその現象に、雨宮は人の体の不思議さとかなしさとを見るのだ。

蘭花展おそろしきかな全身のちからを抜きてわれは罷《まか》りぬ

毎年、大規模な洋蘭の展覧会が開催されるようになって久しい。洋蘭は多くは熱帯アメリカ・アジア原産の、カトレア、デンドロビウム、シンビディウムなどである。その各属原種のほか、多くの園芸品種がある。洋蘭の熱帯的な華やかさに対し、東洋蘭は地味であるが渋い味わいをもつ。この蘭展の花はもちろん、洋蘭である。一般的には愛好家も多く、高級な花として贈答もされるが、ここでは雨宮は蘭の花がマッス（集団、塊）として存在するときの不気味さを、率直にそしてややユーモラスに歌っている。蘭の数鉢を鑑賞するときと、おびただしい蘭の花に囲まれたときは訳がちがう。洋蘭の花びらにある斑は、人の眼のようにも見え、洋蘭は美しく高級なものという先入観を取り払えば、また違って見えてくるはずである。「全身の力を抜きて」は、脱力感を覚えて、ということであろうか。「罷《まか》りぬ」は「貴人、他人の前から退去る・退出する」ことであるが、花のあでやかさを称えるどころか、おそろしいものに囲まれ、その場を逃げ出すように立ち去ろうとしている様を、少し滑稽に表している。雨宮には珍しい作品である。

花の蕋悪事のごとくかがやくを束ね束ねてよきものとせり

この作品もまた、花を単に美しいものと決めてしまうことに、異議を申し立てているかのようだ。花の蕊の形態を仔細に見れば、たしかに怪しげに輝いている、と思われる。「悪事のごとく」は卓抜な比喩である。花のひとつひとつは、そんなならず者を核にして咲いているわけだが、束ねて（矯正して）花束にすれば美しいよきものとなる、という歌意であろう。雨宮の歌からこうした諧謔味のあるものを探し出すのも楽しいことだ。

枯芝の踏みやはらかし人日《じんじつ》のすずなすずしろ帰りて叩かむ

「人日《じんじつ》」は陰暦の正月七日の節句、七草粥をいただく日のことである。一首の中ほどである三句目に「人日《じんじつ》」という漢語を置いたことに、この歌の特色があると思う。かたく重いひびきの一語によって、全体が統べられているように感じられる。「じんじつ」「すずなすずしろ」のザ行の音の繰り返しも韻律を引き締めている。

「枯芝の踏みやはらかし」とあるが、陰暦のこの頃ともなれば、目に見えて日差しは明るくなり、草木の芽吹きの近さも感じられるようになる。枯れているかに思われても芝生には弾力さえあり、緑の萌えだす日はもうすぐだ。そう、今日は旧暦の七草の日。帰宅したら七草の準備をしよう。蕪や大根、芹などの七草をたたいて、というのである。

「叩かむ」は、古くは七草をあつもの（羹）にしたが、後世になってまな板の上に載せて叩いたことによる。早春の心はずみの伝わってくる歌である。季節の移り変わりに敏い雨宮であり、その日その日の食卓も季節の潤いのあるゆたかなものであったことが想像される。

藍ふかきいろふさはしき齢《よはひ》なれ一途に越えし歳月のはて

深い藍色の似合う年代というものがある。雨宮は藍色の衣服をまとい、鏡に映してみてしみじみと思う。この場合、ジーンズの藍色とはちがうもっと深い藍染めの色なのだろう。若者に似合うあの色ではなく、苦節を経た果てに身につけるこの色。髪にも白いものが混じり始めてきた頃に、それはよく着こなせるようになるのかも知れない。若き日から一途に生きてきたことを、ひそかに肯っている雨宮の姿が見える。

くるしみは白髪と化《な》り出づるとぞ闇にかしづくこほろぎのこゑ

「藍ふかき」の少し前に置かれている一首である。身心の苦しみを象徴するかのように生えてくる白髪。「しろがねの糸こがねに混じり　今わが頭《かうべ》さびしく飾る」とアメリカ民謡「白銀の糸」の一節にもあるように、白髪は実際に自らの頭にいただいたときに、初めてもろもろの感慨を呼び起こすもののように思う。「闇にかしづくこほろぎ」という負の形容が、鬱々とした思いを増幅している。

ひと夜月下にさらし忘れし紺の服わがものにしてわがものならず

外出から帰り、ほどなくしてベランダにかけられたものかも知れない。「紺の服」であるから、少し改まったものと想像される。翌朝、それを出しておいたままであったことに気づく。昨夜は煌々とした月が照っていた。一晩中、月光を浴びた服はこの世ならぬ光に照らされ、俗世の塵も埃もすっかり浄められたものとして、空間に吊されている。雨宮の眠っている間、清めの儀式は執り行われていた。神秘を帯びたその服を、雨宮は自分のものではないように、畏れの気持ちを抱きつつ取り込む。日頃、身につけているものは分身に等しいゆえに。

みぶるひて諸葉《もろは》落したき冬ならむ使徒のごとくに樟の木立ちて

樟は常緑樹である。周囲の木々はすっかり葉を落として、せいせいとした感さえあるのに、直立し、冬も葉を落とさず重たげに茂る樟の姿に、雨宮は息苦しさを感じたのであろう。その様は、さながら忠実な使徒のようであると。信仰をもち、主に従うことは歓びと共に自己を放棄することを伴う。新約の時代の、またそののちの時代のキリスト教の使徒たちの歩みへ、雨宮は思いを馳せる。任務を帯びて布教のために働くことは、厳しいことだ。使徒たちは、ときにその任務を肩から下ろしたいこともあったのではないだろうか。
雨宮は樟の木を好んで歌う。四季折々の樟がうたわれていて興味深い。

古き葉と新しき葉の触れあひて樟の日光《ひかげ》はささめくごとし
使徒たちの世はかぐはしくありにしか楠の一樹に青葉みなぎる

これら二首は、新しい葉と古い葉の交換期である春から初夏にかけての、生命力あふれる輝くばかりの樟の姿である。二首目、「かぐはしく」は実際に樟には木全体に芳香があることから導きだされた語であろう。

六月のつゆけき闇をくぐりきて高層鉄扉われは押したり

六月の日本列島はほぼ全土、梅雨雲に覆われる。雨の日は無論のこと、降らずとも湿潤な空気に囲まれるが、ある夜、そのような大気を潜りぬけて、雨宮は高層マンションの自宅に帰り着いた。(正確に言うと、この作品では自宅の扉ということは言っていない。しかしこの時期、雨宮が江東区の高層マンションに住んでいて、しばしばそのことを歌っているのを思い合わせると、そう解してよいだろう。）じっとりとした外気と、堅固な鉄の扉の向こう側にある快適な生活空間がきわやかに提示されている。「コウソウテッピ」という乾いた、軽やかな響きが功を奏し、雨も弾き返しそうである。

雨宮の住んでいた江東区一帯は、都区内でも昔ながらの雰囲気を残した地域である。更に言えば、日本の湿潤な気候風土と現代の高層住宅とが、鉄の扉一枚によって接している、という文明批評にもなり得ている。

ものとものとの取り合わせや対比の妙は、次のような作品にも見られる。

球根を掘りあげてわがエルサレム二千年なる闇ふかきかな

咲き終った球根類はそのまま放置することもあるが、一旦掘り上げて、次のシーズンに備える。掘り出す作業をするときに地中をさし覗く。そこから「闇」のイメージが導き出され、闇を伴うものとしてエルサレムが連想された。「わが」と限定したのは、長い年月、自身が関わりをもち続けてきたキリスト教に根差す。エルサレムは現在もますます混迷を深めている。イスラエル、パレスチナ問題を正確に理解することはたいへん困難なことだとも言われている。ともあれ「私」にとってのエルサレム、それは信ずるに足るか否か、であろう。

闇は、キリスト教会に籍を置いたままにしながら確たるものを摑み得ぬ雨宮の内部の闇でもある。

たかはらの草のなびきに吾亦紅見失ふたたび吾亦紅咲く

高原にはもう秋が訪れている。風の吹く度に一斉に草がなびき、草の穂の乱れに紛れて一瞬、吾亦紅が見えなくなる。しかし暫くして風が鎮まるとまたそこに吾亦紅が咲くというのだ。元に戻るというよりは、新たに咲くという。もののあらたな出現が繰り返されるという独自の視点がある。視点を変えることにより、ものの存在それ自体が変わってゆく。一度失われたものがまた在ることの不思議さと、再会することのよろこびと安堵。この一首からはそんなことを示されるように思う。

をみなへし一枝《いっし》倒して若からぬわれ人の世に深くわけ入る

同じく高原での歌。女郎花は山野に自生する草花。秋の七草のひとつで、黄色い小花をたくさん頭頂部につける。野で見る機会も少なくなっているかもしれないが、草丈がちょうど胸の高さ一メートルほどである。野に分け入るときは掻き分けながら図らずも倒すことがある。その仕草は象徴としてこの一首の中で働いている。思えば人はこの世を生きてゆくとき、知らず知らず他への犠牲を強いることがある。そのことに気づかされたとき、それが罪悪感や後悔として残ることがあろう。しかし「若からぬわれ」は、今はそのようにして人は生きざるを得ないことを自覚する。痛みをもちつつも。

ゆれやまぬ尽十方の芒原歳月をきて振る手をもたず

「尽十方」の「尽」はことごとく、すべて、の意で用いられている。「じんじっぽう」というひびきが、緊張感とリズムを一首に与えていると思う。芒は人を招くかのように数多の穂を揺らしているのに、雨宮は無邪気に振り返す手ももたず、ただ立ち尽くすのみであると歌う。「歳月をきて」が来し方の重みを感じさせている。

五たびメスの入りたる体洗《からだ》へるに意外に肉《しし》のしなやかなりけり

『熱月』は、雨宮が五十代後半から六十代前半の歌集であり、この年代で雨宮は既に五度も手術を受けていることになる。いかに若い頃から病みがちであったかが分る。満身創痍と言えるほどであろう。それらによく耐え抜いてきた身体を浴室で洗うときの感慨である。入浴は仔細に自らの体を眺め、観察する機会となるが、意外にも皮膚は弾力を保ち、滑らかである。自身の体の再生への驚きと、生命力への讃がみられる。

　どのあたりまでの一生《ひとよ》かはち切れむばかりの冬の林檎割りたり
　見ゆるもの多くなれるは齢《よはひ》ゆゑ葱坊主しきりにわれを明るます
　些事なすも奥歯かみしめゐたる癖身体《しんたい》弱きあかしなるべし

一首目、「はち切れむばかりの林檎」が、人生の最盛期の象徴であるとすると、今、自分はどのくらいのところにいるのであろうか、と考える。一生の半ばを過ぎた人の自然な思いであるが、病みがちの雨宮には殊の外、はちきれそうな林檎がまぶしく感じられたであろう。

二首目、年齢と共に若い頃には見えなかったものが見えるようになる。いわゆる分別がつく、ということであろうが、それも寂しいことだ。その気持ちを見透かすように、畑の葱坊主がユーモラスなかたちで並んでいる、というのである。

三首目、ものを嚙むときや特別に力むときではなく、些細なときに起こる癖。それにふと気づいたときの、吐息のような、自己凝視のうた。

ほがらほがらと鴉啼きをりおんじきに汚《よご》るる春のひと日を讃へよ

「ほがらほがら」（朗ら朗ら）は「晴れ晴れと開けて明るい様」と辞書にある。朝から晴れ渡った春の日なのであろう。木の枝に止まってであろうか、鴉が機嫌よく鳴いている。仲間と餌を漁って満ち足りたのかも知れない。鴉に破られたごみ袋が散乱している様も浮かぶが、「おんじきに汚《よご》るる」は、餌を渉猟した後の路上の汚れであると共に、ものを食すことのもつ本来の穢れであろう。ものの生命を奪わなければ自らの生を養ってゆくことができないのは鴉も人も同じだ。鴉は雑食性であり、その姿、鳴き声、習性から嫌われ者でもある。意地汚いことの代名詞にも使われるが、一方、「鴉の濡れ羽色」などと美しい髪の形容としても用いられる。興味深いことにそれは洋の東西を問わないらしく、旧約聖書「雅歌」五章十二節にも次のように記されている。

頭は金、純金で／髪はふさふさと、烏の羽のように黒い。（共同訳）

また「創世記」の「ノアの洪水」の記事では、ノアが烏を放って、洪水の状況をさぐったとある。

鳥は飛び立ったが、地上の水が乾くのを待って、出たり入ったりした。（創世記八・七）

その美質や賢さも認められているということであろう。

鳥のことを考えてみなさい。種も蒔かず、刈り入れもせず、納屋も倉ももたない。だが、神は鳥をやしなってくださる。（ルカによる福音書十二・二十四）

不埒さで忌み嫌われる鳥ではあるが、背後に横たわる生物の種を存続させる見えない天の働きを思えば、気持ちよく晴れた春の一日、彼らの生命力を讃え、少々の無頼を許そうという気にもなる。

祝福を与へ得る手にあらざれば赤きうろこの魚に塩打つ

手を上げて祝福をする仕草は旧新約聖書にしばしば登場するが、これは現代のキリスト教会でも行われていることである。本来、祝福とは人々の繁栄、幸福をもたらす神の好意や恵みを表すものであるという。イエスは山上の説教において、旧約のそれより更に深い霊的な祝福を与えられた。イエスは手を上げ、あるいは手を置き、集まってくる人々や子供に祝福を与えたことが聖書に記されている。

何者にもあらざる私たちは、もとより祝福をひとに与え得る立場にない。汗と土にまみれて生きてゆくよりほかのない人間の存在自体を悲しむ歌と思う。まな板の上の魚の赤さにうたれる塩の白さが際立つが、塩は聖書の世界では、生活の必需品として高く評価された、と同時に、不毛の象徴であった。

厨刀のおもてふたたび青みたり昼のいかづち遠ざかりたり

台所に置かれた包丁が折からの稲光によってひらめきを返した。この頃、雨宮は江東区の高層マンションに住んでおり、窓から眺められる雲がよく歌われた時期だが、ときにはこのように「いかづち」も加わった。空の事象がより身近に感じられた日々であったろう。今日では高層ビルや超高層ビルに住むことさえ珍しくなくなったが、これは一九八〇年代から九〇年代のことである。

雷雨が去り、再び静寂が訪れた。そろそろ夕食の支度にとりかかろうとする時刻、厨房の包丁に目をやると、本来の青みをとり戻して鎮まってあった。「たり」を三、五句に繰り返しているが、それにより、天への畏怖が強められてひびいてくる。厨房の歌をもう一首。

冷水に魚半身《はんしん》を緊《し》めてゐつ堅魚《かたうを》は夏のをとこならむを

Ⅵ　『雲の午後』

栗の花の匂ひ流れ来　ゴリアテのちからもて支ふる大き雲あり

『雲の午後』は第六歌集であり、一九九三―九七年がその制作時期にあたる。前述したように当時、雨宮は都内の高層マンション九階に居住していた。窓越しに雲の行き来を眺めるのに、何にも妨げられなかったようである。『雲の午後』のあとがきにボードレールの「スープと雲」と題された詩の一節を紹介し、「ダイニングテーブルを仕事机代わりにこの第六歌集をまとめた。『雲の午後』の『午後』とは、自分自身の暮れる前の、午前でも昼でもない『今』なのだ」と語っている。空の色の移り変わりに心を寄せる日々であったために、当然のことながら「雲」に関する作品が多く収められている歌集である。

ほぐれつつ薄れつつゆく雲速し解脱といふをわれは知らねど

には自由な雲の行き来を眺めて純粋に楽しんでいる雨宮がある。

掲出歌であるが、「ゴリアテ」は旧約聖書「サムエル記上」第十七章に登場してくる巨人の名である。少年ダビデがゴリアテと戦う話の梗概はよく知られているし、子供向けに書かれたものもある。「ガテのゴリアテ」は巨人種の一人として記されており、背丈は六アンマ半（一アンマは約四十五センチ）あったという。そのゴリアテを羊飼いの少年ダビデが石投げの武器で打ち倒したという物語であるから、子供ならずとも痛快さに一気に引き込まれる。「栗の花」は六月頃、独特の匂いのある花穂を垂らして咲く。その香が精液のにおいに似ていることは文学上の通念ともなっている。雨宮もゴリアテのちからの象徴として一、二句に表現しているのである。雲の厳つさ、大きさが想像される。一字空けての三句以下の表出が神話的であり、また絵本の世界のようでもあり、大らかで楽しい世界である。

こゑ涸るる雲雀もあらんひかり濃きさねさし相模《さがみ》いちめん蓮華草《れんげ》

「さねさし」は「相模」にかかる、語義未詳の枕詞である。陽春の頃、相模の野を訪ねてか、あるいは懐かしく思い起こしての作であろう。少女時代や結婚後に住んでいたこともあり、父母の家もあった。雨宮にとって相模は縁の深い地である。うららかな日差しの降り注ぐ田園地帯に、一日中揚げ雲雀がうたっている。のどかな春の日の一幅の絵のようである。四、五句の「さねさし相模《さがみ》いちめん蓮華草《れんげ》」のリズミカルさが、雲雀の囀りと呼応しているように響く。しかしこの頃、雨宮は声帯を病んでいたと推測される。この掲出歌の少し後に「完黙療法」という章題があり、声帯の手術を受けた折の作品が十首ほど並んでいるためである。とすると、声を潰すほどに歌う雲雀というのは、自身の姿の投影と解して当然であろう。一見明るい歌が、実は身心の痛みを秘めたものであることに気づかされる。

声帯をいたはりてこゑ出ださざるわが前に黒葡萄曇れり
声帯にメス入れらるる日近づきて青葉の繁りひしひしとせり
声帯といふやはらかきものつつむ〈完黙療法〉かすかに疼く

一首目の「黒葡萄」の曇る感覚、二首目の「青葉の繁り」をひしひしと圧迫されるように受け止めること、それらはやはり病む人の鬱々とした思いと、特有の皮膚的な感覚なのであろう。この一連の歌の少し後に次のような作品がある。

抜き取りしテレフォンカードいづれまた波立つこゑとならん一葉

テレフォンカードがよく使われていた頃である。無機質な一枚のカードであるが、差し込んで使用すれば、たちまち人と人を繋ぎもし、心を騒立たせるものとなりもする。緘黙の辛さを味わったのちゆえに、声への思いが深められている一首である。

西方の寒きくれなゐ消えしかばオリーブの実の瓶をあけたり

寒々とした夕日が窓の向こうに沈んでいった。食卓には夕餉の支度が調っている。西の空が暗くなったのを見届けて、雨宮はおもむろにオリーブの瓶をあける。食前酒などと共に味わうためのオリーブであるが、「西方」といい「オリーブ」といい、単に嘱目の言葉として置かれているのではない。雨宮の場合の西方は、即ちキリスト教とその文化を指すと解してよいであろう。オリーブは聖書中にしばしば登場する樹木、果実として重要なものとなっている。それは繁栄、祝福、美の象徴でもある。

オリーブは西アジアの原産であるが、地中海沿岸では早くから栽培され、イスラエル人にとって最も大切な果樹のひとつであった。旧約聖書「創世記」八章十一節に「はとは夕方になって彼のもとに帰ってきた。見ると、そのくちばしには、オリーブの若葉があった。ノアは地から水が引いたのを知った」とある。ノアの洪水の物語の中の、洪水後の新しい世界を予兆させる部分である。

ちなみに文語訳聖書では、オリーブは「橄欖」と記されている。また新約聖書では「オリブ山」の記述があり、イエスの生涯とも深く関わっている。エルサレムの小高い東側、ケデロンの谷を隔ててオリブ山（八一三メートル）があった。昼間、エルサレムの神殿で教えたイエスが、日が暮れるとこの山に退き静かに過ごしたとされ、またイエスの昇天の山とも考えられた。

東西の思想のはざまけぶらふにわれはわが生《よ》の小さき火ともす

ひとたびはキリスト教に帰依した雨宮。「はざまけぶらふに」とあるが、東西の差異ある思想と文化の間に身を置き、迷いや違和の感覚を抱きながらも、自身の今日の生を燃焼させるために、日々の煮炊きの火や読み書きのための灯をともしてゆくというのだ。「西」は雨宮の場合、陽の沈む方角、というだけではない。

憂国の歌われになく水に沿ひ溝蕎麦に沿ひ橋わたりたり

溝蕎麦は秋の野の花でタデ科の植物である。白色の金平糖に似た形の小花の先に薄紅色を差して、側溝などに群がって咲いている。ミゾソバとはよくぞ命名したと思うのだが、溝などの水辺に生え、葉は三角形で蕎麦に似ている。

野辺は秋。雨宮は静かに歩を運んでいる。道の側溝には溝蕎麦が咲き、清らかな水が流れている。穏やかな日本の風景である。自分には国を憂えた歌がないと、ふと雨宮は思う。世界のどこかで、いつも戦火はのぼっている。逃げ惑い、飢えて彷徨っている人たちがたくさんいるというのに。そんなことを思いつつ、その先の橋を渡る。橋を安全に渡ってゆけるのは、この日本という国であるからかもしれない。水を愛で、野の花を愛でつつゆくことのできる平和を思う。

同じ章「水に沿ふ」の「憂国の」歌に並んで次のような作品がある。

きらめきて草の実飛べりかかる間も暗き蛇行をなすやヨルダン
金色にルオーの描きしエルサレムたれのものでもなきエルサレム

一首目の「ヨルダン」はヘブル語で「下るもの」の意味であるという。アーリア語系から「年中絶えぬ川」の謂ともいい、途中、ガリラヤ湖となっている。ヨルダンはパレスチナ第一の大河であり、北のレバノン等を水源とし、パレスチナを縦断して南の死海に注ぐ。ガリラヤ湖南端からの蛇行は甚だしい。「暗き蛇行」の「暗き」の一語には彼の地を憂慮する雨宮の思いが込められていよう。二首目の「エルサレム」はユダヤ教、キリスト教、イスラム教の聖都である。しかし雨宮は「たれのものでもなき」と極めて平易な言葉で、宗教や民族の争いに対して「否」を表明している。

ゆふぐれの薄きひかりに風を得て被昇天後の野のをみなへし

この歌からすぐに思い浮かべる一枚の絵がある。スペインの画家エル・グレコ（一五四一―一六一四）の「聖母被昇天」である。グレコは、人体が縦長に引き伸ばされた特徴のある宗教画を多く残した。トレドの教会の礼拝堂のためにこの絵は描かれたが、画布の最下部には白百合と薄紅の薔薇の花束が配置され、揺れ動くような光と色彩の中を、黄色い衣をまとった二人の天使たちに支えられながら、聖母が昇天してゆく。下方にははるかに野も見えている。掲出歌では「被昇天」をマリアの被昇天と限定しているわけではないが、マリアのその場面を想像するのがもっとも似つかわしいのではないだろうか。グレコの作品も、時刻はいつとは定めがたいが、薄暗さが周囲を包みながらも光が差し込んでおり、夕景のようにも見える。

秋の夕暮の野に一陣の風が吹いた。その風に巻き込まれるかのように女郎花がそよぐ。それをマリアの被昇天が今なされたのだと、想像の力を羽ばたかせた雨宮の詩心を思う。

昇天といはば厳《いつか》し召天といへばやさしき差異あらぬ死も

共に「しょうてん」という音をもちながら「昇天」はものものしい感じを与え、「召天」はやわらかな印象を与える。実際には「昇天」は聖書中の記事には少なく、旧約では預言者エリヤとエノクの二例だけである。新約でも「使徒行伝（使徒言行録）」にイエスの昇天が記されているのみである。聖書中に具体的な記録の乏しいものであっても、昇天のテーマは「画家グレコ」と「歌びと雨宮」の二人の創造力を刺激した。「召天」は死んで天に召されることであり、キリスト教以外でも一般的に亡くなったことの間接的表現として用いられたりする。が注目すべきは五句目の「差異あらぬ死も」の語である。雨宮は聖人の死もそうではないただの人間の死も、死に差異はないと言っているのだ。単に言葉のちがいに関心を寄せているのではなく、のちの離教につながってゆく疑念の表白ともとれる。

怒るとは力みなぎりぬばたまの夜の畳の脚高き蜘蛛

雨宮の歌には時折、「怒り」がテーマとなって登場する。この一首は二句目以降に、怒りとはこのようなものであるとして、蜘蛛の姿を描写している。ある夜、雨宮は畳の上で蜘蛛と遭遇した。足高の蜘蛛は思いもかけず人と出会って、防御と攻撃の姿勢を見せているのであろう。

「力みなぎり」とあるのみで、それ以上の蜘蛛の素振りは語られていないが、猛々しい様子が伝わってくる。蜘蛛は八本の脚を踏ん張って、通常のときより更に自分を丈高く大きく見せ、威嚇しようとしているのであろう。天井や部屋の隅に潜んで棲息している蜘蛛の類は少なくない。屋内の蜘蛛はもともと人間にとって不都合な虫を食べてくれるから、ありがたい生き物ではあるけれど、なるべくならお互いに出会わない方がよい。

さて、「怒る」という情動は、心的エネルギーが十分でないと、なかなか発動させにくい感情表現である。時と場合によっては、内に押さえ込むしかないことも多い。怒りというものは、しばしば自身でねじ伏せたり、どこかに置き忘れたふりをしなければならないこともある。雨宮はそのような怒りを率直に歌うことがある。

穂を垂れし稲田に金のみなぎれるちから車窓のわれを圧しくる　『昼顔の譜』

という一首がある。雨宮が旅の車窓から垣間見たものは、黄金に実る稲穂にみなぎる力であった。この歌には怒りが歌われているわけではない。しかし掲出の蜘蛛の歌と共通する「力」を凝視している。とすると、雨宮が真に歌いたかったものは、心と身体にみなぎるエネルギーへの果てしない憧憬であるのかもしれないと思う。

過ぎてゆくひと生《よ》ひと生《よ》三椏の花あかりひく笑《ゑま》ひ残すや

「ひと生《よ》」は、「人のこの世に生きている間」「一生涯」のことであるが、「ひと生《よ》」の繰り返しによって歌にリズム感をもたらしているだけでなく、「ひと生《よ》」という語に、ある種の粘着力をもたせている。またH音の繰り返しのほかに、平仮名の「ひ」の四度の使用によっても一首に視覚的なリズム感を与えている。短歌の聴覚と視覚に訴える力をこの一首に発見し、歌というものの享受の仕方には幾通りもの方法があることを、示しているように思う。

三椏はジンチョウゲ科の落葉低木であり、枝が三つに分かれる特徴がある。早春、黄色の筒型の房状の花をつける。異臭という人もいるようだが、強い芳香がある。その花のように、人の心に明かりをともすような笑みを残すことができるだろうかと、自身に問いかけている。この頃、雨宮は六十代半ばと思われる。過ぎてきた年月を振り返り、これからの自らのありようを考える年代であろう。

水たまり越えたる一軀明るむは菜の花食みし昨夜《よべ》の名残りか

こちらは同様に花の明るさを歌いながらも、雨上がりのさわやかさと、自身のうちに未だに残されている「力」の再確認の歌と解される。心弾みの感じられる一首だ。

蘇枋咲きうすむらさきの齢《よはひ》とぞ闇にむかひて展く窓あり

「蘇枋」は濃い赤紫の花を密集させて咲く。その花から「うすむらさきの齢《よはひ》」という自らの年代意識を引き出している。シニア世代になると薄い紫色の衣服や装飾品が似合ってくることからだろう。しかし、その柔らかな年代意識の把握のすぐ下に続く「闇に向かひて」という現実が、いったい齢を重ねてどれほどのよいことがあろうか、とたちまち嘆きの声を漏らさせるのだ。

Ⅶ

『旅人の木』

ひかりより出でてひかりへ還れよと飛翔の一羽こゑなく喩《をし》ふ

旧約聖書「創世記」に天地創造の物語が記されているが、その第一章に「はじめ天地は混沌としていた。その混沌を神が光とやみとに分けられた。その光を神がよしとされた」ということが語られている。ひかりは祝福されたものであり、やみはそうではなかった。「光」は聖書では神の栄光を象徴的に示す語として用いられ、また「神の子＝イエス・キリスト」の意味としても使われるようになる。「ヨハネによる福音書」第十二章三十五—三十六節には、「光がある間に歩いて、やみに追いつかれないようにしなさい。やみの中を歩く者は、自分がどこに行くのかわかっていない。光のある間に、光の子となるために、光を信じなさい」とある。このように、旧新約聖書中の様々な個所に「光」という言葉は登場してくる。

掲出歌はもちろん、聖書中の「ひかり」を踏まえたものである。見上げた空には光が満ちている。その大空を一羽の鳥が飛翔してゆく。どこへゆくのか。鳥は光を指しているらしい。空の高みへ高みへと飛んでゆくではないか。思えば、創られたものは皆、ひかりから出ているのだ。あの鳥が原初のひかりを目指しているようにひかりのもとへと還らねば。雨宮は魂の帰還すべき場所を鳥に教えられたように思ったのであった。

はぐれゆくわれにてもよし九階の朝のひかりにパンを裂きをり

歌集の後の方に置かれている作品である。この「ひかり」は同じように空から降ってくる光ではあるが、日常の生活の場に差し込む自然現象のひかりとしてとらえられている。そして「はぐれゆく」（すなわち、あるべき場所からそれてゆく）ことを自らに許している歌である。至上のひかりと、日常の朝の卓に差すひかりと。二つのひかりのはざまで揺れ動く心が見える。

波の上を〈人〉歩みたる遠き世に水は歓喜を知りたるならむ

イエスの「海上歩行」として知られる福音書中の奇跡物語を題材としている作品である。あるときイエスは話を聞こうとして集まった群衆を解散させ、弟子たちを舟で海（ガリラヤ湖）の向こう岸に渡そうとした。しかし強風のために舟は漕ぎ悩んだ。そのときイエスは海の上を歩いて彼らに近づく。風がやみ、海が凪いだことに弟子たちは驚いた。〈人〉は聖書的に正確に言えば〈人の子〉であり、イエス・キリストを指す。イエス自身も自己の呼称として〈人の子〉をしばしば用いていた。〈人〉という呼び方は聖書の中では見当たらないが、雨宮は、ここでは敢えて〈人〉という言葉に意味を込めていると思われる。〈 〉付きの人であるから、もちろん一般的な人とは区別されているのであるが、雨宮はイエスを、我々人間に近い存在として表現したかったのではないか。

荒れ狂う水を恐れることなく静かに歩むイエスが舟に乗り込むと風はやんだ。風も水も従わせてしまう〈人の子〉は権力によってではなく、圧倒的な知恵と魅力をもった〈人〉だったと、雨宮は考えたのではないだろうか。

橋脚はさびしからずやゆふぐれの降《お》りくるときも水刑の橋

「水」はこのようにも歌われている。橋脚は水に浸され続けている。ひたひたと水にとりまかれているそれは、さながら水刑を受けているようだ。水刑という刑罰はその昔、キリシタンたちが受けた過酷な水責めの刑を連想させる。刑に耐えている橋脚に注がれる雨宮の視線。その心は闇と孤独の中にあるのだろうか。

深夏の闇まとひ来てうす光る聖盤の水に近づかむとす

「聖盤」は洗礼を授けるときの水を満たす器をいうが、疑念という闇をまといつつも、雨宮はかつて自らも受けた「水」による洗礼を想起している。聖水を額に受けた日のことは、深く身と心に刻まれているゆえに。実際にそこに聖盤があるというよりは、池や水場などから連想を引き起こされた想念の聖盤の水であろう。

雲の秋しづかなれども足跡を乱して歩むまんじゆしやげまで

高い空には雲が浮いているが、それは流れているのかとどまっているのか分らぬほどの静かさだ。夏から秋へ季節は移ろい、野には彼岸花が咲き始めた。暑さもようやくおさまり、ほっと人心地をつける頃であるのに、〈私〉の心の中には何事かが起こっている。「足跡を乱して」には、苛立ちと怒りのようなものが感じられる。〈私〉の心に動揺を引き起こす何かがあったのか。または期待に相違して、何も起こらぬことへの焦慮があるのか。

曼珠沙華は燃えたつような紅い花を葉のない茎の頭頂につける。それは波立つことのない、平衡を保つ日々をよしとする日常へ、情熱と不穏を呼ぶ火、刺激と毒をもたらすかのような形状と色をもつ花だ。

足跡を乱しながら歩む「まんじゆしやげまで」の「距離」もそう遠くなさそうだ。目前に迫っているかのような緊迫感をもつ結句の「まで」である。雨宮の、そうすることを避けられなかった衝動のつよさと意志の感じられるほどに。

曼珠沙華は仏教語で、天上に咲く花の名とされる。彼岸花のほかにカミソリバナ、シビトバナなどの異名をもち、有毒であり、薬用にもされる。昨今は園芸品種として白花や他の色のものも出回るようになったが、やはり野に咲く赤色のものが、特徴ある本来のこの花である。そして反り返った花弁が、この世のものならぬ異形者の印象を与え、誘惑してやまぬ他界の使者のようにも感じられる。

いたみもて世界の外に佇つわれと紅き逆睫毛の曼珠沙華　塚本邦雄

曼珠沙華叫びつつ咲く夕焼けの中に駆け入るひづめもつわれは　小守有里

両作品が曼珠沙華の咲く異界に既に踏み入っているものだとすると、雨宮作品は、自身の痛みや軋みを抱えて曼珠沙華の咲く原を目指し、昂然と顔を上げてつき進んでゆく様を思わせている。いつの間にか異界に誘《おび》かれてというよりは、つよい能動性の感じられる歌だ。

月光に泰山木は花かかげ悲傷《ピエタ》の掌より水こぼれたり

「ピエタ」はイタリア語で「敬虔な心」「慈悲心」の意をもつ。聖母マリアがキリストの亡骸を膝に抱いて嘆いている姿を表す絵画または彫刻をさし、「嘆きの聖母」とも言われている。

の花をひらく。

泰山木はモクレン科の常緑樹で、葉はごわごわした質感をもち、初夏に白色で芳香のある大輪の花をひらく。

「月光に泰山木は花かかげ」は実景であり、「悲傷《ピエタ》」以下は、噴水などの現実のピエタ像とも考えられるが、上句から導き出されたイメージであってもよい。月あかりに照らされた泰山木の花は、大理石のような光沢を増していた。その大型の花びらを仰いだとき、ピエタのような神々しさを覚えたのだ。ピエタの像の手の先からこぼれた水は、地上の人間に向かって注がれる哀れみの水と解される。罪に汚れた人間はその水によって浄められるよりほかはない。降り注ぐ月光、泰山木の花、ピエタと天上的なものが連ねられた、上から下への垂直のイメージを自然に抱かされる構造の歌である。

泰山木の大きな葉と肉厚の花には独特の風格がある。花と葉のバランスがよく、芳香も備わっており、悲傷《ピエタ》の大理石像に無理なく結びつけることができるだろう。

やまぐにの空晴れてゐてぴんと張る北斗七星わがひたひ搏つ
空の青つめたくなりて石蕗の黄の輪郭をひかりの正す
翔び発ちて鳩しろがねとなりゆくを激つこころをもて撃《う》ち落す
垂直の雨に屈してきたりしか翅透くやうな傘を畳めり

このような垂直のイメージは雨宮の作品にしばしば表れるもののように思う。四首目は『旅人の木』の終り近くに置かれている。あいにく簡易なビニール傘しか持たぬ日であったが、「屈してきたり」には、つよい雨に打たれてようやく辿りついた様が歌われている。垂直なるものは天から来る絶対者として、人を搏ち、罪にまみれた人間を照らし出し、救い上げる存在としてとらえられている。

薄日さす冬木のなかにまぎれ立つ金の木犀銀の木犀

木犀にはキンモクセイ、ウスギモクセイ、ギンモクセイなどいくつかの種類がある。私たちが街や住宅地で見かけるのはキンモクセイが多い。キンモクセイは橙黄色、ギンモクセイは白色、ウスギモクセイはその中間のクリーム色の小花を秋に咲かせる。香りはキンモクセイが一番強いようだ。長楕円形の葉が密生する樹木であるが、花が咲くとにわかに存在感が出る。その他の季節はなりをひそめているかのように目立たない。しかし、こんもりと自然な樹形を保ち、庭木としては好ましい樹木である。冬木の中にひっそりと紛れている木犀に魅かれ、花の乏しくなった庭園に雨宮は佇んでいる。冬には見過ごしてしまいがちの木であるから、予めその木の場所を知っていたか、木の名を示す札がかけてあったのだろう。樹林の中にあって、自己主張をせぬ木への共感といとしみの見られる歌である。ようやく冬の薄ら日の届くところにそれは立っている。雨宮の沈潜とした思いが投影されている一首である。

薄幸もさきはひに似む雑木木のあはひよりうすく冬日差しゐて

どのような境涯にあっても、たとえば身体を病み、傷ついた心を抱えていたとしても、自己を肯定してゆこうとする。薄日の差すことに冬の日のよろこびを見出す。「さきはひに似む」にかすかな鬱屈がにじむ。

たたふれば草木もよき花咲かすとぞおのれ励ます声のごときを

結句の「声のごときを」に続くべき「かけむ」が略された形になっているのだろう。朝ごと日ごとに植物に声をかけてやると、それに応えるかのようによい花を咲かせてくれるという説がある。雨宮は、その声援は自分を励ますときと同じものであるというのだ。他を力づけることは即ち己を、である。

けふありて明日あらぬとものぼり路の木五倍子《きぶし》・夜叉五倍子《やしゃぶし》さきがけの黄よ

早春、山道を歩いていると、辺りがまだ枯色の中に、小さな鮮黄色の鐘型の花穂を垂らしている木に出会うことがある。まめふじ・まめぶしとも言われる木五倍子である。葉に先立ち、花をつけるのであるが、春の訪れをいち早く告げてくれるキブシ科の落葉低木だ。夜叉五倍子はカバノキ科の落葉小高木で、木五倍子よりは高く五〜七メートルになるようだ。やはり葉に先立ち、枝先から暗紫褐色で紐状の雄花の穂を垂れ、その下部に楕円形で紅色の雌花の穂を直立する。この二種の木の入り混じった山道なら、のぼり路もさぞ楽しかろう。空を背景に、愛でるべきものを仰ぎながらのぼってゆくときの幸福感と、新しい季節を讃える心にあふれた歌である。「木五倍子《きぶし》・夜叉五倍子《やしゃぶし》」とたたみかけたリズムも心地よい。「けふありて明日あらぬとも」という措辞は、「さきがけの黄」をよろこぶ言葉としてふさわしく、これ以上のほめ言葉はないのではないか、とさえ思わせる。

春の餉《け》にむけば野の草匂ひたつこころゆるぶを忘れゐたりし

この「野の草」は野蒜やぜんまい、蕨などであろうかと、読者に想像させる楽しさがある。

卓の上にはそれらの野の摘み草の馳走が載っている。下句の「こころゆるぶを忘れゐたりし」によって、寒い季節から解放されるよろこびと、雨宮の心が寛ぐこともなく過ぎてきた鬱屈の日々にも私たちは思いを至らせるのである。

おのづから遅速楽しむ咲きざまかやんちやな辛夷・淑女木蓮

早春よりも少し季節の進んだ頃だが、雨宮には珍しくうきうきした歌いぶりである。辛夷と木蓮の咲き方を比べると、たしかに辛夷は小ぶりな花をやんちゃに開くし、木蓮は辛夷よりもゆったりと大きい花をしとやかに開く。両者が遅速を競い合って、春を謳歌する様が描かれている。

わが額のカインのしるしむらさきの痣を濃くして杜鵑草《ほととぎす》咲く

「アベルとカイン」の物語は一般的にもよく知られているものだ。旧約聖書「創世記」第四章に記されているのだが、アダムとエバ（イヴ）が最初に得た子がカイン、弟がアベルである。

弟アベルの供え物が神に受け入れられ、自分の供え物が顧みられなかったためにカインは憤ってアベルを殺した。彼は神から追われ、放浪者となったが、神は彼になおも保護を与えられた。「カインのしるし」は、神が彼を見つける者が誰も彼を打ち殺すことのないように、一つのしるしをつけられたのであった。杜鵑草の花にある斑状のものを見て、雨宮はみずからの額にもそのしるしのあることを認め、罪人の裔であっても厚い神の加護を受けて〈今ここにこうしてあること〉の恩寵を歌っている。「むらさきの痣を濃くして」は、罪人であることの意識の深さをひそませた巧みな比喩となっているのだ。

戴冠の合歓のうすべに仰ぐときわが守護天使ふとしもはばたく

という一首がこの歌集の「守護天使」の章にある。ほのぼのとした薄紅色の花を、夢見るように仰いだとき、雨宮は天使の羽ばたきを聞いたように思った。「戴冠の」であるが、「頭上の」というほどの意味の措辞であろう。合歓の花から天上的な連想を誘われたのだ。

「守護天使」という言葉はどちらかと言えばカトリック的である。同じキリスト教だからどちらでもよいという考え方もありそうだが、実は用語のことを越えて興味深い問題であると思う。雨宮の作品を関心をもって読んでいる人の中に、雨宮をカトリック教徒と思っている人もあるようだが、プロテスタントの教会で洗礼を受け、その後、短い教会生活を経て、事実上は教会を離れた人である。カトリック作家モーリヤックの研究をしていた時期もあるため、カトリックと錯覚している人もあろう。だがやはり、本質的にプロテスタントの人であった。

カトリックとプロテスタントの違いは、まず、カトリックはローマ教皇を首長とし、位階制をもつこと。ほかに修道院制度、聖母マリア及び諸聖人に対する崇敬をもつこと。祭儀・儀礼の重視、といった点が挙げられる。

たいへん大雑把な言い方をすると、カトリックも聖書を読むことを大切にするが、いわゆる聖書研究的なことは、よくも悪くもプロテスタントの方が重きを置く傾向がある。その点において、礼拝や聖餐式に出席することをせず、ひとり家に籠って聖書を読むことを続けた雨宮は、聖書のみに信仰の応えを求める一種のプロテスタント的陥穽状態にあったのかもしれない。プロテスタントの中で、無教会派の人たちは熱心に聖書研究をすると言われているが、その人たちでさえ数人、あるいは大勢で集まって聖書を読み合う。孤独に聖書に向き合うことは、「知」の養いにはなるが、知に傾き過ぎる危うさをはらむことになる。知情意のバランスを保ちつつ信仰は養われるものだとされるからである。しかし、雨宮はそうしたことを知らず、長い年月を孤独な聖書探求に費やしてしまった。が、そのような孤独な時間の積み重ねの中から、聖書を題材にした多くの作品が生まれてきていることを考えねばならない。

晩年、キリスト教会を離れたのちも、雨宮の作品はキリスト教抜きでは語れない部分が大きい。雨宮の場合、作品がカトリックとプロテスタントの綯い交ぜになったような不統一感があるにせよ、自在なキリスト教的表現となったことは、結果として豊かな歌の世界をもたらしているようにも思うのである。

雪うすくかづくみどりの三輪車とほき日に子の乗り捨てにしか

『旅人の木』の巻頭の作品に続く二首目である。巻頭歌は、空模様が雨から雪に変わったことを歌う。掲出歌はそれからしばらくして、三輪車がうっすらと雪に覆われた様を描く。ごく幼い時から離れて暮らさねばならなかった子は、今は成人し、独立した生活を送っているが、その子が幼いときに乗り捨てたものではないか、と想像を巡らせる。

雨宮にとって、子の成長を見届けることのできなかった長い時間は、ある時、一瞬にしてかき消えたようにして、子が現前する。そのようにして子との再会を果たしたのであるが、そののちに歌われたこの歌も、失われた日々をなお取り戻すかのようである。

三輪車の主が歌の中では不在であるのが象徴的であり、母としての不全のかなしみが今も癒されていないかのようである。

蝌蚪《くわと》群るる水さしのぞく幼子よとほき日わが辺にありにたる者

春、池か水槽かにオタマジャクシが孵化して群れている。興味深げにのぞき込んでいる幼子をみて、雨宮はわが子の幼かった頃を思った。雨宮と子が何歳のときに別れたのかは不明である。極々幼かったことを知るのみだが、この時点では子息は家庭を築いているので、自立していったことをもうたっているともとれる（ちなみに、子息は雨宮との再会後、数年を経て結婚）。その意味で、二重の喪失感を表現しているともとれる。雨宮が六十代後半の時期の歌集であるので、「子」はこのとき四十歳を少し過ぎているであろう。

産む力《ちから》われにありたるとほき日に回りゐたりし赤き風ぐるま

掲出歌三首とも「とほき日」が歌われている。過去へ思いを馳せる雨宮は、既に失われた若さと、今失われつつある壮さを愛しんでいる。

守勢なる家《や》ごもりののち梅雨坂を降《くだ》る踵《かかと》にちからこめたり

梅雨に入り、足元の悪さや体調のことなどもあって、外出を控えていたのであったが、そうもしてはいられず、ある日、街へ出たのであった。梅雨に湿った坂道を「梅雨坂」と称したのが出色である。滑らぬよう注意しながら降る踵に力が入る。

無援なる齢《よはひ》となれり百日紅のかなた旺んなる雲湧きて　夏

体力も徐々に衰え、かつてより日々の活動量も少なくなっている。そんな自身の年齢に愕然とする日がある。

「無援」とは、誰かの助けが得られないことではなく、自らのうちに、恃みとするところが無くなったことを言うのであろう。強い日差しの中、サルスベリが咲き、その向こうには、雲が盛んに湧いていているのが見える。

帆を張れる若かりし日の感触に麻服の胸吹かれて歩む

「帆を張れる」は比喩であるが、「麻」(帆布の材でもある)から導き出された言葉であろう。夏に、張りのある麻服は肌に心地よい。若き日の身心ともに溌剌としていたときの感覚を取り戻しながら、風に吹かれて街をゆく。いっとき、楽しさが返る。

衰へて匂ひ濃くなる花を捨つおのれうとめるごときおこなひ

活けてあった花がだんだん生気を失い、ついに捨てざるを得なくなった。花の終末期を好んで描いた現代美術家がある。衰える命の中に美を見出し、愛しんでのことである。しかし、この歌のように、それが己の老いと重なって見えてくればそう讃美もできぬ。飾っておくことは疎ましくもなる。

うちつけに照らし出されてさびしけれ夜の果実店のわれとくだもの

果実を美しく新鮮に見せるための照明に、共に浮かび上がった自身は、もはや若さが失われている。直接の照射の容赦のなさがうたわれる。

錫色《すずいろ》の空より洩るるひかりありありかの聖顔を拭ひし手あり

「錫色《すずいろ》」は銀白色で金属的な光沢のある色を言う。その雲が空を覆っているのだが、切れ間から陽の光が差し込み始めた。神々しい様に、雨宮にはそれが聖書から題材をとった聖画のように見えたのであろう。あたかもグレコか誰かのような。

曇り空から線状に洩れる陽の光を「ヤコブの梯子」などとも言うが、雨宮はキリストの顔を拭ったとされる聖女の手に見立てた。（聖女伝説はカトリックのものである。）

「ヤコブの梯子」は、「創世記」二十八章の中で、ヤコブが旅の途中、野で見た幻に基づく。

霾だてる聖霊降臨節《ペンテコステ》の水無月や素肌をつつむ白きブラウス
たましひといふおぼろなるもの包み雨季のブラウス透けやすきかな

一首目、ペンテコステ（五旬節、聖霊降臨節）は、元来はイスラエルの三大祭であったが、のちにキリスト教では、キリストの復活から五十日目に聖霊が降《くだ》った日として、これを記念するようになった。復活祭が三月から四月であるので、ペンテコステは五月から六月に巡ってくる。日本では梅雨入りの頃になることが多い。ちょうど衣更えもされる時期。白いブラウスは改まった装いにも相応しい。素肌を包みはしたものの、その先の思いは、二首目に語られている。

人の心の不確かさ。その不確かなものを、薄く透けやすいブラウスに包んでいる心許無い「私」であることを、雨宮は表白しているのである。


朴の花匂ふ水辺も去年《こぞ》となり聖なることば読まずありにき

「水辺」は雨宮にとって聖なる場所（洗礼を想起させるところ）であった。今では、聖書さえ開かぬことを寂しむ歌である。

Ⅷ

『昼顔の譜』

水引《みづひき》草の茎さし交はす草むらにあきあかねきたり紅《こう》きはだたす

『昼顔の譜』は第八歌集である。一九九八（平成十）年春から四年間の作品が収められ、後半は夫の看取りが中心となっている。

掲出歌であるが、初秋の野辺で見かけた光景であろうか。水引は山野の日陰の地に自生する丈四十センチ位の植物で、夏から秋、赤色の小花をまばらに穂状につける。白い花のものを銀水引、紅白混じりのものを御所水引と言うらしい。後者の花を、上から見ると赤く見え、下から見ると白く見えることから、「水引」の名がついたと言う。立原道造のよく知られている詩に、「水引草に風が立ち」という一節がある。この詩では「みずひきそう」と読むが、「みずひき」が本来の名称であるという。

少し湿った感じの、山蔭の道の水引の花のそばにアキアカネが羽を休めにきたのだろう。アキアカネの体は渋い茜色をしているが、秋に雄は真っ赤になることがある。近似の色同士が並んだとき、その差異はかえって明らかになる。まばらな赤花ながら山蔭を彩っていた水引がそのとき、引き立て役に回った。植物と昆虫とは、いわば静と動の存在である。動の方がその存在を示すのに有利とも思われるが、その上、華やかな衣装をまとっていたのでは太刀打ちできない。このときは他者への光の当て役となった水引の花である。

窓硝子ひしと張りをり優美なる蛾の屍《し》ひとつを貼りつけながら

先の歌は一方がもう一方を生かすことを歌ったが、この歌は静と動の状態にある者同士の緊張した美をうたったと言えよう。蛾はその窓から逃れたかったのであろうか。それとも自然に寿命が尽きて、硝子に貼りついたかたちで死を迎えたのか。地味な翅をもち鱗粉などが嫌われている蛾も、まじまじと眺めると文様も美しく、はっとさせられる。空気の冷えて清浄な日の硝子の硬質な美しさは、一匹の蛾の死の尊厳を支えるのに相応しいものであったのだ。

曖昧に蓴菜《じゅんさい》すする昼の餉《け》や薄暮家族となりゆくわれら

「薄暮」とは薄明りの残る夕暮れのことだが、「日暮れ」や「夕暮れ」という語よりも、ひそやかな気配が漂っている。陽は既に沈んでしまったのに、余光だけは残っており、真に夜が訪れる直前のときである。雨宮は、家族を構成しているただひとりである夫と昼食をとっている。「曖昧に」は、そう弾んだ会話もなく、という場面であろうか。最少単位である夫婦二人という家族も、いずれ消滅してゆく。それは運命のようなものであり、抗うべくもないことだ。蓴菜のぬめりのある触感から呼び起されるのだろうか、老いゆくことを実感しつつある二人の、淡くたゆたうような寂しさが、静かに迫ってくる作品である。

眼窩ふかくなりて老いゆく懼れあり黄に耀《て》る花のかたへに坐せば
息子にて終らむ血すぢいよいよに明るみて水楢の下に撮《うつ》さる

「野の駅」という章の中の一首。成長してから行き来するようになった子息と、野に遊んだのであろう。一首目の方は、陽に輝くばかりの黄色の花（たとえば山吹や金雀枝など）のそばに坐して憩う雨宮であるが、あまりにも屈託なく咲く花に違和を覚え、気圧され気味である。自らの生命を謳歌するように咲き誇る花のもとで、安らわぬ心を見せる。「眼窩ふかく」は、老いてゆく自画像を思い描いているのだろう。明るい外光とは裏腹の内的不安をうたう。

二首目、雨宮の現在の家族に後継者となる者はなく、離れて住む子息にも望めないことが明らかになろうとしている。それぞれは断念を内に秘めて、カメラに向き、あるいはレンズをのぞき込んでいる。（子息は映像の仕事が専門である。）あたたかく結び合う者同士の中に流れる暗黙の了解と、そのことから生まれる寂しさ。緑に繁る水楢の下、心のうちも明白に撮しとられてゆくかのようだ。

木となりて待つにあらねど冬を越す手袋に淡きみどりを選ぶ

マフラーと共に手袋は必須の防寒具である。冬の衣服や装身具は濃色や暗色が好まれがちであるが、雨宮は薄緑色を選んだ。薄緑は春、草木が萌えはじめる時の色だ。季節を先どりして自らの心を明るませている。「冬を越す」にはその頃、雨宮の置かれていた厳しい状況が反映しているだろう。夫の健康に不安が兆した時期である。

はなびら餅のまぶたのやうな柔らかさ食みてひと足冥府《よみ》へ近づく

花びら餅は初釜には付きものの和菓子だ。数え年では新年を迎えると一つ歳を重ねる。初釜の華やぎと冥府との明暗の対比が際やかである。

いぬふぐり土より湧きて縹《はなだ》なる空は古典のごとくしづけし

早春に咲く野の花の代表的なものにイヌノフグリがある。正確に言うと在来種のイヌノフグりは薄紅色であり、外来種のオオイヌノフグリは薄青色である。ここに歌われている植物は後者である。今では在来種は減少し、私たちが目にするのは、外来種がほとんどであるという。「土より湧き」とあるが、春、ほかの花にさきがけて草丈の低いこの花が咲く様は正に、地面から湧き出るようだ。「縹《はなだ》」は色の名であるが、藍染めの、浅葱と藍との中間くらいの濃さの色を指す。ちなみに中原中也の詩「朝の歌」に、「小鳥らの　うたはきこえず　空は今日　はなだ色らし」の一節がある。「古典」は「昔、書かれた書物」「昔、書かれ、今も読み継がれる書物」、転じて「いつの世にも読まれるべき、価値、評価の高い書物」と辞書にあるが、この歌では、どのように解することができるか。空の青と花の薄青とが、引き合うような天と地の狭間に立ち、四季のはじまりともいうべき春の訪れの厳粛さを全身に感じている作者がある。

太初からの瑞々しい自然の息吹を受け止め、無限の空の佇まいのしずかさを「古典」と表現したのだ。

黄沙捲く疾風の交差急がずに春の卵をかかへてよぎる

「黄沙」（黄砂）は中国北西部で黄色の砂塵が天空を覆い下降する現象であり、春先に起こる。

日本にまで毎年のように及ぶ、いわば春の招かれざる客である。気象条件のよくない日も、家庭を守る者は日常の用のために外出しなければならない。その日買った卵を、大切に抱える姿は、外敵を防ぐ母鶏のようでもある。卵はイースターの祝いには必ず用いられるが、それは卵が生命の象徴だからだ。ここでは特に復活祭が歌われてはいないが、雨宮の意識には、復活への祈りが秘められている気がする。『昼顔の譜』は夫竹田善四郎の病気、看取り、永訣が中心となっている歌集だ。掲出の作品と同じ章の中に、夫の健康を案ずる歌が見え始めている。そのことを思えば、一、二句の気象の不穏さも、雨宮の心理状態と重ねて読めるように思う。命をいとしむ思いと、迫っている現実に対して慎重にことを運ぼうとする雨宮の、切実な姿の浮かんでくる作品だ。

二十四時過ぎゆくころをさまざまに向き変へてゆく白き雲あり

雲を多く歌う雨宮である。「いぬふぐり」の歌の少し後に置かれているので、早春の空の景と思う。地上ではそうでもないのに、上空では激しく風が吹いている。季節の変わり目や台風の前後にはよくあることだ。時刻は午前零時を過ぎようとしている。ふと真夜中の空を見上げたか、空を仰ぎつつ思索にふけっていたかであろう。当時の住まいは高層マンションであった。雲の往来の静まった頃には、好天か下り坂か、前の日とは別の空模様が窓外にひろがっているはず。

身の丈にふさへる暮し下町の路地に鬼灯《ほほづき》の鉢並びゐて

一九八二（昭和五十七）年、父病没のこの年、雨宮は新宿区から江東区へ転居した。以後、二十年ほどをこの地で過ごすことになる。下町の風情を多く残している地域は雨宮にとって新鮮なものだったに違いない。目にした風景を歌いとめたものがいくつかある。純粋な写生歌の少ない雨宮には珍しいことと思われる。実際、町を散策してみると、魅力的な路地にいくつもぶつかる。掲出歌で「身の丈にふさへる暮し」とうたっている部分であるが、雨宮は、町びとのつつましやかで、気取らぬ生活ぶりに親近感を寄せている。一九八五年、既に設立していた「雅歌の会」の会場を日本橋に移したため、その界隈にも親しむようになったらしい。次のような嘱目詠とも言える作品も見られる。

人形町昼ふけむとし軍鶏鍋《しやもなべ》の店は見するための軍鶏を飼ひゐる

軍鶏は闘鶏に用いられるくらいであるから、見るからに猛々しい。しかし鮮やかなその羽色は鑑賞に値するものだ。冒頭の「身の丈に」であるが、鬼灯市は毎年、七月九日、十日の両日、東京浅草観音浅草寺《せんそうじ》の境内に鉢植えの鬼灯を並べて売る市である。七月十日は四万六千日にあたり、大勢の参詣人でにぎわう。そのにぎわいも去り、普段の暮らしに戻った町の路地には、市で買われた鬼灯が朝顔や夏の草花の鉢などと共に置かれているのであろう。ちなみに、朝顔市は七月六日から八日、東京入谷の鬼子母神の境内で開かれ、鉢植えの朝顔が売られる。鬼子母神は、子宝、安産、育児などの祈願を叶えるという。これら古いものが残されている一方、失われたものも無論ある地域である。

昔語りとなるまで旧りぬ東京の露地に霜柱立ちゐし師走

日常の渚に打ちあげられたるか乱れしかたちなして目覚めぬ

眠りは漂流に似ている。どことも知らぬ浪間を漂い、孤独な時間の中に置かれる。充実した眠りであれば、目覚めたときの不安や違和は少ないであろう。瞼を開いたとき、ふとここはどこだろうと思うことがある。つい先ほどまで見ていた夢の余韻が残っていることもある。「乱れたかたちなして」というのは、前日の疲労が深かったことを想像させる。「日常」の渚に打ち上げられた安堵の陰には、また今日から始まる日常との戦いがあることを思わせている。

厨房はわれの水際　昼ふけて蜆つぶやくしじまもあれど

「厨房はわれの水際」という高らかな宣言が印象的である。永く守り続けてきた台所はその人の砦のようなもの。水際は最前線である。日々の食事をととのえ、一日の原動力を生み出すところだ。自らのためだけではなく家族のために。料理は火、水、油そして刃物を扱い、まさに戦いの場に等しい。そして時にふと訪れる「しじま」。結句は「あれど」として言いきらず、思いに余白がある。雨宮はその静寂の中に、何を聞いていたのであろうか。「いこいのみぎわ」(汀、水際)という言葉が旧約聖書の「詩編」第二十三篇にあり、よく知られた個所でもある。意識的か無意識的か、いずれにせよ無関係ではないと思われる。

ながくながく生ききしやうに夏果てて鍔広帽子壁を覆へる

夏の終りにふと過ぎた日々を振り返る。何かに耐えている場合は、ときの流れが遅く感じられるものだ。よんどころない出来事のために、ひと夏が常よりも長く思われたのだろうか。夏中、外出の際に陽を遮ってくれた帽子が、鍔を広げて壁にかかっている。帽子も休息しているかのようだ。

熟睡《うまい》とは互みをへだつものならむ春昼きみが熟睡深けれ

この作品の少し前に次の二首があり、夫の健康に気がかりなことのあったことが示されている。

しんかんと干魚焼きゐる真昼間をきみは身体撮《しんたいうつ》されてゐむ
しろがねの針降るやうにひかり降るきさらぎ尽をきみ病める辺に

雨宮は病む夫の熟睡する傍らでそれを見守る。呼びかけても目覚めそうにない眠りの深さである。肉体の痛苦は共有しがたい。そのことを嚙みしめつつ、眠りの世界にいる人との隔ての壁の厚さを思う。もっとも近い距離にいたはずの人が、目の前にありながら別世界に連れ去られたかのような心もとなさを歌っている。
これまでにもふたりは互いに病み、その度に支え合ってきた。しかし今度は「熟睡」の「へ

だて」が象徴するような、大きい不安の種が、既に育っているのだ。この歌集のはじめの方に、

伏すまでにならざる病飼《やまひ》ひならしふたりの夏へ朝顔を播く

が置かれており、この時点では、病みがちでありながらも平穏な日々であることが歌われている。「一病息災」という言葉があるが、たとえ持病があっても、病気と共存してゆく道がある。「朝顔を播く」という行為は、明日を恃む心からである。

遠天に嵐のけはひ朝顔は水のやうなるひかりをまとふ
日照のうすき七月朝顔の市たちて紺の風をなびかす

朝顔の歌二首。いずれも憂いを含んで咲く朝顔である。一首目は不穏な雲と呼応するかのような朝顔。二首目は、梅雨明け前後の頃の曖昧な空模様の下の朝顔である。

昼すぎて桜花びら胸に来つうすくれなゐの末期うけとむ

この年の二月頃、夫の竹田善四郎は健康に不安を覚え、病院で検査を受けている。桜の花どきには既にその結果も分り、担当医師から告知もなされたのであろう。静かにその告知を受けとめている雨宮であることがこの一首から分る。「昼すぎて」とあるのは、午前中から鬱屈した心を抱えていたということである。桜の花の下、沈痛な思いでいるところへ、花びらが舞い落ちてきた。丁度、胸のところへ。そのとき、この重い事実を受け止める決心ができたというのだ。それも「うすくれなゐの末期」として受けるという。「うすくれなゐ」とは、人の一生の夕映えのときとして、の謂いであろう。誰にも訪れるべくして訪れる時ではあるが、末期は闇ではなく、厳かな命の讃歌を捧げるときとして受容しようというのだ。主体的に夫の最期を受け止めようという決意がうかがえる。

　ちから尽くすこと難かりき祈ることなほ難かりき終末見えて

告知より二年五か月を経ての作。加療ののち、夫はこの頃ホスピスにいた。ホスピスは周知の通り、癌などの末期患者の身体的苦痛を軽減し、残された時間を充実して生きることをはかり、安らかに死に臨み得るような介護を受けることを目的とした施設であるというが、現実面ではそう理想通りにいかぬものであろう。もうこれ以上、なす術がなくなったとき、人はどうすればよいのか。祈ることか。それさえできないときは——。苦悩の見える歌である。

かにかくに何かが焉りゆくけはひ蜜にじませて無花果熟るる

身とこころ立たせるは骨　おぼろなるきみの骨格朧夜に立つ

旧約聖書の「エゼキエル書」第三十七章に「枯骨を生かし給う神」について書かれたところがあり、イスラエル民族の復興の前に、まず信仰的自覚がなければならないことが示される。枯れた骨が生かされるという象徴によって表現されている信仰的復活は、「ドライ・ボーンズ」という曲にもなって、今日歌われている。旧新約聖書に、孤独にではあったが親しんできた雨宮は、当然このエゼキエル書の記事を念頭においていたであろう。下句の「おぼろなるきみの骨」は、次の生身の「きみ」の姿と重なるものである。

骨脆くなりたるきみが歩みくる著莪花むらの明るむところ

しゃがの花は初夏から夏にかけて山地などに咲く。アヤメに似た白色の花に紫斑が入り、中心部が黄色である。日陰地に咲くので、さびしげな印象を受けることもあるが、この歌では群れて明るいのだ。病んで衰えを見せているであろう「きみ」には、強烈な色や香りをもたぬこの花は、今は慰めとしてむしろ相応しい花であるかもしれない。雨宮の夫への静かな労りの見える作品だ。

何を待つまどろみならむ緑蔭のしたたるたびに時間喪ふ

「骨脆く」の歌の次に置かれている作品である。残り時間の少なくなった夫を看取りつつ、焦る気持ちを抑えることができない。病む人の持ち時間は看取る人の持ち時間でもあるゆえに。

山の湯にはつかなる脂《し》を残ししや薄暮家族となりたるわれら

「薄暮家族」という章の中の一首。「薄暮」は、まだうす明かりの残る夕暮れをいうが、とっぷり暮れてしまう前の僅かな時間帯である貴重なひとときを分かち合っている家族を、巧みに表現する語となっている。夫の病が小康を得た時期である。温泉の効能を期待して湯治に出かけたのであろう。「はつかなる脂《し》を残ししや」という問いは、生身の肉体をもつ者同士が寄り添って過ごした、その時間が証となる何かを残し得たろうか、と再確認を自らに行うことであろう。人はそのようにして大切な時間を胸に刻みこんでゆくのだ。

冬晴れの窓をへだつるヨブならむ火のごとく生き火のごとく病む

「ヨブ」は旧約聖書「ヨブ記」の主人公である。「ヨブ記」はいわゆる知恵文学のひとつだが、従来、「ヨブ記」はなぜ善人が苦しまなければならないのかが、唯一の主題であるかのように読まれがちであった。しかし、本来は、善人には報いが、悪人には刑罰という因果応報的な考えを大胆に否定するものであり、因果律で神と人との関係を割り切ってはならないとするものだ。この一首の場合のヨブは無論、雨宮の夫である。延命治療を選ばず、病と死に真正面に向き合っている夫の姿を「火」とたとえている。内心の苦悩はいかばかりかと思うが、勁い精神をもった夫だったのであろう。この歌で雨宮は「ヨブ」を、病むべからざる身近な人が病み苦しむ姿、として用いている。

視神経冒されて失明せしきみと世の明暗をへだてつつ坐す
失明をひとたびも嘆きしことあらできみは果汁も謝して飲みにき
死にてゆく者は睡りて生き残る者は眠らぬ春の深闇

天涯を見てきし鳥か緑金の木の間に赤き咽《のみど》をひらく

この歌の「赤き咽《のみど》」から連想されるのは、斎藤茂吉の〈のど赤き玄鳥《つばくらめ》ふたつ屋梁《はり》にゐて垂乳《たらち》根《ね》の母は死にたまふなり〉であろう。「天涯を見てきし鳥」とあるので、はるばると渡ってきた鳥であることが分るが、何の鳥とは言っておらず、必ずしも燕と限定される訳ではない。しかし、初夏の輝くような若葉の木に止まってさえずりの声を上げるのはそのように解してよいと思う。その鳥は長い旅を終えて、私たちに何を告げようとしているのか。遠い異郷の人の暮らしぶりや街の様子など、どんな小さなことも、人の営みに近く巣を作る燕なら知っていよう。その鳥が訪れて来るたび、季節の巡り、年の巡りへの思いを新たにするのだ。はるかな天涯の国を憧れながら。

「緑金」という若葉の輝きの色と鳥の咽の赤の対比がきわやかな印象を与えている作品である。

水面に浮かびきたりし鯉の口女《をみな》の口のごとくほのけし

この作品には魚の口が歌われており、前出の鳥の歌に比べて、ほのかなエロチシズムが漂っているのを感じる。水がぬるむと、鯉たちの活動も盛んになり、池の縁には餌を求めてか、いく匹もが寄ってくる。はなやかな錦鯉などよりも黒っぽい鯉の方が、口をひらいたときの艶めかしさが際立つようだ。体が水の色に紛れて、口の白さが浮き出たように見える。あえぐのではなく、ゆっくりと肉色の口が水面のあちこちに開くのは、見ていて面白いが、少しおぞましく感じたりする。口という器官は様々な要素を見せるゆえに。

「ほのけし」には、女性が口元で何かを訴えているような情趣があり、官能性や哀れさを醸し出している。先の鳥の「赤き咽《のみど》」は声を発して何かを伝え、こちらの魚の「ほのけき口」は声なく訴える。似て異なる二首。

問ひ返し問ひ返しきしわれならむ極楽鳥花《ストレリチヤ》は嘴《はし》より衰ふ

これは「変容」という章題の中の一首であり、イースター前の受難週に寄せての内容となっている。「変容」は姿を変えることであるが、ここでは雨宮自身の内面の変化、特に信仰上の変化を表している。注目するのは「変容」という語である。これはマタイ、マルコ、ルカのそれぞれの福音書にある記事、「山上の変容」からきていると思われる。イエスの受難の出来事の少し前に、山の上でイエスの衣や顔が天上的な輝きを見せたことが出ている。掲出歌であるが、「問ひ返し」てきたことは、自らの信仰の問題であろう。一言で言えば、キリスト教が信ずるに値するか否かである。それを問うことにさえ、意欲を失いつつあるのであろうか。

「極楽鳥花《ストレリチャ》」は草丈一メートルほどのアフリカ原産の花で、極楽鳥の冠と嘴を思わせる。日本では切り花として利用され、和名はぴったりの命名である。嘴の先から瑞々しさをなくし、衰えを見せ始めている極楽鳥花に、自身の内面を象徴させている。「問ひ返し」の繰り返しが、長きにわたる求道の道のりを語っているようだ。この作品に並んで次の歌がある。

花冷えはたましひの冷え歳月はふたたびわれの変容促す

若き日に入信したキリスト教であったが、いつの間にか距離をおいてしまった。様々な要因があって遠ざかったにしても、花冷えのような魂の冷えを感じるほどになってしまっている。遠くない離教の日を予告しているかのようであり、立ち止まらせる一首である。

うららかに鴉も鳴きたつ春の日をわがこころ遠き丘に架《かか》れる
変容し変容しゆくわれならむ禱りなき夜をやさしみながら

一首目の「遠き丘」はイエスが十字架にかけられたゴルゴタの丘を指す。キリスト教の受難週は日本ではちょうど桜が咲き出す時期と重なるが、揺れる思いの中で受難の丘を偲ぶ雨宮である。

塗り重ね塗り重ねても色淡き絵のやうな幼年のわが家族像

雨宮の幼少期については年譜などでは知るところが少なく、歌として歌われていることも多くない。記憶を引き出そうとしても、パステル画のような淡さに彩られたものしか出ては来ないのだ。では雨宮の幼少期は不幸だったのかというと、そうとも言えない。幸福ではなかったことが鮮明に記憶されたり、幸福でも不幸でもなく過ぎていった幼少期ゆえ記憶が淡い、ということもある。この歌からは、幸福であるべき幼少期の記憶が取り出すことができないもどかしさを感じさせられる。そのことをさびしみ、満たされぬ思いに佇む姿が見える。

ゆらゆらに若き日ありきかげろふにつつまれて発つバスにてゆきき
明日のことは明日のこととしたましひの連れだつやうな若き日ありき

若き日を歌う二首。一首目は友人同士でバス旅行にゆく場面を想像させる。心を陰らす何ものもなく、明るい声に満ちていた日。「ゆらゆらに」が、不安定な青春性とバスの揺れる様を重ねる修辞となっている。二首目の、若さゆえの屈託のなさも掛け替えのないものだ。「たましひの連れだつやうな」には、時間やものごとを共有するよろこびと、一体感に満たされた、人生上で滅多に訪れることのない至福のときが歌われていよう。

ゆくかたの見えざる春や石鹼の匂ひに鬱のかたまり溶かす
髪洗ひ髪染めて春をいづこへ……日のあるうちに日のあるうちに

人生後半を歌う二首。眩しいような青春の日々とは対照的な境地である。たくさんの乗り越えねばならなかったことが、かの日との間に横たわっていたことを思うのである。

Ⅸ 『夏いくたび』

あかねさす昼しづかなりひとり炊ぎひとり食みゐるわれは「何者」

『夏いくたび』は第九歌集で、二〇〇二（平成十四）—〇六（平成十八）年までの作品が収められている。ひとり暮らしとなって五度目の夏を迎えたときの発行であった。「あかねさす」という明るい響きの枕詞によって歌い出されるこの歌は、思いがけない問いを結句に据えている。ひとりの昼の食事を調え食卓に向かっている雨宮は不意に、今ここにこうしている自分は何者なのかという存在への問いにとらわれる。妻であった我、一人の歌人である我などの一切のものがとり払われ、黙々と生きるための行為に向き合うとき、人はそのような根源的な思念に導かれるのかもしれない。ここでは「　」つきの「何者」であることに注意を払わないわけにはいくまい。何かの引用か、何かを背景にした「何者」であることに。

一九〇五年にノーベル文学賞を受けたシェンキェビチ（一八四六—一九一六年 ポーランドの作家）に代表作『クォ・ヴァディス』がある。副題が「ネロ時代の物語」であり、青年貴族とリギィ族の王女の恋愛を中心に、暴君ネロ治下のローマにおけるヘレニズム文化とキリスト教信仰の対立抗争を描いたものだ。

「クォ・ヴァディス」はラテン語で「主よいずこへ」の意である。「ヨハネによる福音書」十三章三十六節による言葉であるが、それに対するイエスの言葉は「あなた方は今はついて来ることは出来ないが、やがてついて来ることになるだろう」であり、どこへ行くかを示唆したものであった。

また画家ゴーギャンが晩年近く、死を意識して取り組んだ大作に「我々はどこから来たのか我々は何者か我々はどこへ行くのか」があるが、これらの小説、絵画を念頭においてつくられた歌であろう。小説では「主よ（あなたは）」が、絵画では「われわれは」が主体となっているのであるが、両者とも行く先を模索するものである。ゴーギャンは、自身と融合する世界を求め続け、非西洋を目指すようになった画家であった。

無花果の繁れるところ霧うごくああ「われらいづこより来し」
ゆふぐれはむらさきの雲なびかせつああ「われらいづこへゆくや」

この二首は先の掲出歌を挟んで左右におかれており、三枚の絵を連ねた一つのセットの屏風絵のような印象を与える。ゴーギャンの前出の大作にはタヒチの様々な人や景色が描かれ、右端に赤ん坊が「誕生」を、中央には活力にあふれた人物が「壮年」を、左端には老婆が「死」を表すかのように配置されている。果実を摘む中央の人物は楽園追放されるアダムを想像させ、その足元で果実を食む少女はイヴを思わせる。

ゴーギャンはキリスト教や西洋文明に懐疑的だった。長い年月をキリスト教と関わりつつ、なお我は何者と問い続ける雨宮の混迷を見る作品である。

この世よりはぐるるわれかひつそりと夜の車窓に顔映されて

漆黒の闇が降りて車窓に町の灯も見えなくなった。列車は人家の途絶えた地域か山間部を走っているようだ。ここはどこなのか、と心もとなさが頭を擡げる。闇の奥を覗こうとしても、自らの顔が映し出されるばかりである。その不安な思いを一、二句で「この世よりはぐるるわれか」と言い放ったところに、この一首の力がある。

「逸《はぐ》る」には、辞書によるといくつかの意味がある。一に「同行者を見失う」「人に紛れて離ればなれになる」。二に「調和がとれなくなる」「ぴったりしなくなる」。三に（他の動詞の下について）「しそこなう」等である。いずれにしても、あるべき場所や所属すべきところから逸脱してしまうことを指す。長年の同行者、竹田善四郎を見送ってまだそれほど経っていないこの時期、孤独感とその境遇を受容してゆこうとするときの葛藤が、『夏いくたび』の主調となっている。更に言えば、若き日より親しんできたキリスト教の世界にもいっそう明確な違和を覚え、離脱してゆこうとする雨宮の姿を見ることもできる。今まで所属していた世界から逸れてゆこうとするとき、人の心は軋みをたてつつ、苦しみを負うことがある。

つひにはぐれてしまひし人と思ふまで忌の日の百合ははげしく匂ふ

こちらの「はぐれる」は明らかに「同行の人を見失う」の意で用いられている。近年、匂いの薄い百合も開発されているようだが、一般的に百合は高い香りを放ち、ときに息苦しいまでに部屋をその香で満たす。忌の日に集った人を送り出し、緊張からほどかれた雨宮を虚脱が襲う。きつい百合の香によって一度に増す疲労感。一つの区切りとすべき忌の日を終え、亡き人は少し遠のいたかのようだ。その人を身近に引き寄せる日であるのに、「逸れ」の意識がわだかまったかのように残される。

蒼ざめし馬は奔れり天空にやすらはぬ額《ぬか》さしのべられて

「黙示」という章題の中の一首である。先年、火星と月が並ぶ六万年に一度という天体現象が見られたが、それを歌う連作となっている。前掲の一首に先立ち、

月と並ぶ不可思議の星仰ぎをり原初に生くる女のごとく

が置かれているが、夜空を仰ぎながら、雨宮の思念ははるかな時代へと向けられてゆく。「蒼ざめし馬」は新約聖書「ヨハネによる黙示録」の叙述に基づいたものであろう。「ヨハネの黙示録」はAD九五年頃に書かれたとされているが、いわゆる黙示文学の一つである。キリスト教会に対するローマ帝国の迫害が激しさを加えつつあった時代に、苦難に陥っている信徒たちに対して、キリストの再臨が近いことを訴えて、彼らに慰めと希望を与えたものであった。その「ヨハネの黙示録」第六章には白、赤、黒、青白い馬の登場する場面がある。雨宮は文語訳聖書に親しんできた人であるので、口語訳では「青白い馬」となっているが、文語訳では「蒼ざめたる馬」と記されていることを上げておこう。

第四の封印を解き給ひたれば、第四の活物「来れと言ふを聞けり。われ見しに、視よ、蒼ざめたる馬あり。之に乗る者の名を死と言ひ、陰府これに随ふ。

（ヨハネの黙示録第六章七―八節）

「安らはぬ額《ぬか》」というのは、雨宮自身の額のように思える。「額」はかつて雨宮が「聖水」を受けた部分。若き日にキリスト教会の門をたたき、受洗に導かれて洗礼の水＝聖水を受けたところである。二十代で洗礼を受け、キリスト教徒としての歩みをスタートさせた雨宮であったが、その人生は決して平坦なものではなかった。「死」や「病」に支配されている限り、人は決して安らうことはないのだと、雨宮は言っているかのようだ。

地震《なゐ》すぎし夜のしづけさに思ふかなエリヤが聴きし静寂のおと

ある夜、地震があり、揺れが収まったのちふたたび静けさが戻ってきた。そのとき雨宮は預言者エリヤに思いを巡らせた。「エリヤ」は旧約時代の預言者の名である。「預言者」は、神の言葉を告知する者、来るべき時代について語る者とされている。彼は紀元前八〇〇年代に活動したイスラエル初期の大指導者であった。旧約聖書「列王記上」によると、自分の無力さを知ったエリヤが、神の細い声を聞き、神に依り頼む者の強さを学んだことが記されている。

大いなる強き風山を裂き、岩石を砕きしが風の中にはエホバ在さざりき。風の後に地震ありしが地震の中にはエホバ在さざりき。火の後に静なる細微《ほそ》き声ありき。

(列王記上第十九章十一―十四節)

独居となった雨宮は、誰と会話することもなく地震の鎮まるのを待つ。地震は私たちの拠って立つ基盤を根底から揺るがすものだ。何事もなかったかのように元に戻るまでの時間の長さの感じられ方は、地震の大きさに比例するものかも知れない。静寂にも「音」がある。結句で雨宮がそう述べていることに注目する。カタカタと地震で家具や電灯が揺れたあと、静かさが戻る。夜ならばなおのこと、辺りは静寂に包まれる。その静寂の音を聞くには、人は孤独でなければならない。エリヤが自らの無力さに打ちのめされ、孤独であったときに、神のほそい声を聞いた。では雨宮が孤独のうちに聞いたものは何だったのか。そのことは述べられていない。ただ、預言者エリヤの心の在りようを偲び、自らの裡の孤独を思っているのである。あるいは、自分には何も聞こえてはこなかったことへの失望を味わっているのか。知的領域のみで聖書と向き合う雨宮の寂しさを思う。

鏡の奥まで曇りてをりぬ大洪水前のやうなる雨降りつづき

最近の日本では、梅雨の時期もそれ以外のときも、雨の降り方が荒くなったと感ずる。この一首の雨もあるいはそんな雨であろうか。バケツをひっくりかえしたかのような雨が、昨今では各地で降るようになっており、そんな日は「鏡の奥まで曇り」、拭ってもすぐに薄い皮膜がかかったようになってしまう。「大洪水」は旧約聖書「創世記」の「ノアの洪水」の物語を指している。

「ノアの洪水」は聖書の中では比較的、多くの人に親しまれている物語であろう。「ノアの洪水」は、人類への神の刑罰として起こされた洪水であったとされている。ノア一族は信仰のゆえに助かるが、他のすべての人間は滅ぼされてしまう。旧約聖書「創世記」第七章二節には、「雨四十日四十夜地に注げり」とあるが、「ノアの洪水物語」は、バビロニヤの洪水物語（「ギルガメシュ叙事詩」にあるもの）の影響が大きいと考えられている。ノアは神の命を受けて箱舟をつくり、それに種々の生き物を乗せ、家族と乗り込んだ。そうして彼と彼の家族は洪水から救い出された。

洪水は、自然における驚異的出来事として示されると共に、特に神による裁きのわざとしても象徴的である。（イスラエル人には、メソポタミア地方に住んでいた頃の洪水の記憶が深く刻みつけられていた。かつ実際に、雨季の豪雨のときには起こることであった。）ノアは正しい人であったので、その裁きから免れることができたのであった。

「大洪水前のやうなる雨」は、古代に起こった出来事を想起させる不穏さのひそむ雨である。すべてのものを呑みこみ、一瞬にして押し流す自然の力の前に、人はなす術もなく立ち尽くすか、逃げまどうしかないことがある。生存することの危うさまで問いかけてくるような烈しい雨の降りを思わせている。

降りやまぬ雨見てをればいつしらにわれは破船となりて雫す

赫赫《あかあか》と曼珠沙華咲く日のおもてしづかに虚無の口ひらきをり

「日のおもて」は「日面」で、日向のことである。明るい秋の日差しを浴びて赤々と咲く曼珠沙華の花。いくたびか歌われてきた曼珠沙華であるが、「虚無の口」とは何か。花びらの集まりの中心が空に向かって開かれているようであり、作者自身の口が、曼珠沙華の花を眺めながら、茫然と開かれていることを言っているようでもある。いや、そうではなく、「虚無」自体が口を開いているのだ。――それらが綯い交ぜになったかのような、漠然とした不安を感じさせている歌である。虚無にとらえられたテレーズ・デスケイルーの姿とも重なる。この頃の雨宮のよりどころのなさを思う。

かなしみは瞼に触れて宿るらしうすく日の差す窓にむかへば

「かなしみ」はまるで外部からやってくるかのようだ。窓際に立った雨宮の瞼に、薄い日がさした。かなしみは、うちから込み上げてくるものと思っていたのに、露が宿るように、月の光が宿るように、そっと外部から触れてくるものなのだ。そんなふうに、薄ら日が今、瞼に触れに来ている。

喪失の深いかなしみにあるとき、もっとも柔らかい心の襞の部分が光に触れた。自然と触れ合って反応した瞼。涙が湧くから悲しくなるように、薄い日に触れたために悲しみを覚える。自然の光の中で静かな慰藉を求める雨宮の姿を見る。

こぼしたる米たんねんに拾ひつつ盗《たう》のごときかひとりの暮らし

ひとりのための米を研ぐ用意をしながら、うっかりこぼした米粒を拾う様は、盗人のようだという。一挙手一投足の振る舞い方が、自ずとひそやかになりがちなのが独居なのだろうか。自身をみつめる目に、甘さを排した怜悧さがある。

地の塩となり得ぬ雪か雪のうへしづかに雨の降りそそぎをり

「地の塩」は「マタイ、マルコ、ルカによる福音書」に出ている言葉である。「マタイによる福音書」（五―十三）には次のようにある。

あなたがたは地の塩である。だが、塩に塩気がなくなれば、その塩は何によって塩味がつけられよう。もはや何の役にも立たず、外に投げ捨てられ、人々に踏みつけられるだけである。

塩には調味、防腐の作用があるが、他の物質と混合して変質すると、効き目を失い、つまりは味を失う。塩は、世にある弟子の身分を表すとされていたから、イエスの弟子の本分を失う、ということになる。

暖地での雪は気温が高めのため、降っても水分を多く含んでいたり、雨へと変わりやすい。雪を地の塩に見立てての歌であるが、この場合、雨宮のうちなる切実さが一首を屹立させている。「見立て」の歌には、その作者の必然がどのように加わっているかが問われる、ということであろう。

単なる機智やアイデアの歌とは一線を画す、とも言える。


せせらぎの傍《かた》へ硝子の天井は蒼穹《あをぞら》につづく石の教会

独り身となった雨宮は旅をするようになり、『夏いくたび』では、国内外の旅の歌が収められている。これは軽井沢での歌。

「石の教会」は、無教会派の建築物であり、内村鑑三記念館でもある。無教会派が教会をもつ、という矛盾はなく、記念館としての性格の強いものである。高原の林の中の冷たい石造りのそれは、人の精神を研ぎ澄ますかのように建っている。余剰を削いだモダンなデザインの礼拝堂の中から、正面上方を見上げると、高窓が青空へ一続きとなっていて、無限の世界へ導かれるようだ。このとき雨宮は、旅の至福を味わったにちがいない。

高原《たかはら》のまちの鋪道のわれと影夫あらぬ世の秋の旅びと

道連れは自らの影であると、旅の日のさびしさをうたう。「秋」は一生《ひとよ》の秋のことでもあろう。

昼顔はふと咲きいでてもの忘れしたる女の貌のやうなる

昼顔をいくたびも歌う雨宮であるが、どこか憂わしげなこの一首のような昼顔の歌は珍しい。「ふと」とあるのは、季節が巡って、思い出したようになつかしげに咲いたことを表している。「もの忘れしたる女」は、その頃の雨宮の日々の在りようが投影されている。強い悲しみに襲われた後は、人は空《うつ》けのようになる。昼顔の花はやや白っぽいピンク色であるが、はかなげで美しい代わりに茫々としてとりとめない感じもする。女性の顔のぼんやりとした表情のようにも思える。昔から「貌花《かおばな》」ともよばれる所以であろう。

錯覚のごとく生きて三年の忌の日青葉のしたたりを受く

「錯覚のごとく」には様々な思いが込められていよう。身近な人を失ったとき、人は強いストレスを受けるが、どのようにしてそれを切り抜けるか。事実が現実味を伴ってくるのは、月日が大分経過してからのことであるのは、ある種の防御機能がうちに働くからか。身の上に起こった出来事を信じがたく、後の日々を過ごすことがある。
「青葉のしたたり」は、そのような雨宮の目に、ことさらのようにしみた。この忌の日までには、転居という大きい環境の変化や、単身生活に慣れてゆくことなど、現実面での様々があった。生への覚醒を促すような緑のしたたりを受ける一方、喪失感を新たに深めてもいるのだ。

夫を葬りし海鳴りてゐむオルガンの響ける窓の下よぎるとき

夫の遺志に従い、相模の海に散骨葬をした雨宮であるが、ある日、パイプオルガンの響く建物のそばを通りかかった。大きいコンサートホールでは、音が外部まで漏れてくるのは考えにくい。教会の窓の下を通り過ぎたのであろうか。海鳴りは天候の悪化したときによく聞かれる。パイプオルガンの荘厳な音と、その音からの連想のごうごうとした海鳴りとが、雨宮の思いの中で共鳴し合う。どちらも永遠の世界へと誘われる音だ。

菜を洗ふわがうしろでを見る人もあらなく春の闇深くなる

春の夜、自らのための食事を調えている孤独な姿が浮かび上がる。他者の気配のない家で、調理のために台所に立つ。誰かが食事を待っているわけではなく、誰かの帰りを待つためでもない。ただ、ひとりのいのちをつないでゆくためである。

〈きみなくてふたたびの夏　昼顔は誰が音信かあえかなひかり〉の少しあとに置かれているので、その翌年の春に歌われたと思われる。「うしろで」は「後ろ手」または「後姿」と書き、後方から見た姿を言う。「あらなく」は「あらず」と同義である。

身を尽しこころ尽してひと日あり一人暮らすといふことのみに

「身を尽し」は「澪標」にも通じる言葉。ここでは「こころを尽して」とたたみかけるようにして、身心を尽して一人生きゆくことに力を注がねばならなくなった境涯を表白している。

誰かと共に生活してゆくとき、家事は、家事を担う者にとって、それなりに位置づけや意味づけがされる。しかし、ひとたび単身となると、日々の衣食住に関わる事々が、にわかにちがった様相を帯びてくる。年齢が重なればなおのことである。

ものわかりよく老いゆくは偽善めくゴム手袋に双手つつめば
ひと日終る水を流せば昨《きそ》の夜と同じことしてゐるわれが見ゆ

一首目は自らが体験して、初めて老いることの何たるかを知ったという歌。「偽善めく」は自分に向けた言葉である。下句の具体的な描写により、味わい知ったという思いを滲ませている。

二首目、上句は浴槽の水か洗面の水。厨の水ととってもよい。日常の単調さは、しかしなくてはならぬものである。この単純な繰り返しの上に成り立っている人の生というものの、せつなさや愛おしさを思わせる。

幼年の日にかへりたる錯覚に麦茶は夏の浜の匂ひす

略年譜によれば、雨宮は十七歳のときに東京から藤沢市に転居している。一九四六年、終戦の翌年であるので、時代的な状況があったと思う。当時、藤沢市から東京の学校へ通っている。晩年も住むようになったが、この「夏の浜」は、雨宮の終生、縁の深かった湘南の浜を想像してもよいかもしれない。

暑気を払うために口に含んだ麦茶から、ふと幼年時代がよみがえった。錯覚と思われるほどに生き生きと。一瞬ではあるにしても、過去と現在の時間を往き来する様が歌われている。しかし、一方で雨宮は幼年を次のようにも歌っており、幼年は必ずしも充足したものであったとは言えない。

童画のやうに糸杉並ぶトスカーナかへりゆくべき幼年あらずも

二〇〇四年秋、イタリアを旅したときの作。トスカーナはイタリアの中部である。庭園に植えられていたのか、丘の風景なのか、糸杉が行儀よく並んでいて、あたかも童画のような愛らしさである。しかし、自分には還るべき幼年がないと嘆く。雨宮の幼年時代は、歌の中ではなぜか失われているように見える。

冒頭の「幼年の日に」の一首では、「錯覚に」と歌われていることを思うと、真に還ってゆける幼年時代の場所も時間も希薄であることが感じられはしないだろうか。それは雨宮の歌の世界では、霞がかけられていて、判然とはしない部分だ。

もう一首、「錯覚」の歌がある。

錯覚のごとく生きて三年の忌の日青葉のしたたりを受く

夫の三年忌のもの。夫を亡くしてからこの日まで確かに生きたという実感も乏しく、過ごしてきた。そんな私が、したたるばかりの青葉の恵みを受けている、季節のめぐりの中で、とようやく、生きることへの促しを感じ、背を押されている歌である。

「錯覚」は、冒頭の歌にも見られるように、生の実感の希薄な場合に用いられているようだ。

晩年に神を否《いな》めるかなしみの熱情のごと白雨過ぎたり

「白雨」は夕立、にわか雨のことである。「晩年に神を否《いな》める」とあるのは、具体的には、若き日に洗礼を受け、所属していたプロテスタント教会へ離籍届を出したことを指す。かなしみにも熱情がある。何かを獲得しようとするときだけはでなく、断ち切ろうとするときにも、という思いが表されている。実質的な教会生活はわずかな期間しかなかったにせよ、繰り返し繰り返し、みずからの生を問うてきた神や教会の存在は、決して小さいものではなかったはずだ。しかし、それとの訣別をするのが、「晩年」とよぶ時期になってしまったことに、傷みを感じているのではあるまいか。信仰への疑念は早くからあったのに、離籍への仕儀の道のりは遠かった。

棄教者となりゆくわれか草の実の飛ぶ秋の野に照らし出されつ
受洗より五十年経しと不在陪餐員われに教会のカード届きぬ
知識にて救はるるなき信仰の真闇にきつく花の匂ひす
われを忘れ賜はぬ人らいますこと人情ならむ信仰ならむ
教会を離れ迎ふる聖夜にも馴れてさびしくあらざるひとり

二首目、「不在陪餐員」（不在陪餐会員）は、教会員でありながら所属教会を離れている信者のことをいう。三首目、信仰はひとり聖書を読むのみでは得られないことを、何かを通して、雨宮は知らされたようだ。そのことに早く気づけば、という思いがあったかどうかは定かではない。信仰を求めながら得られぬ葛藤はあったにせよ、知的に聖書に向かうよろこびの面もあったろう。その行いが「真闇」であったことを知ったとき、慚愧の念は当然、湧き起こったと思われる。

五首目、クリスマスも自宅で過ごすのが常であったが、教会を正式に離れれば、礼拝に行かぬ後ろめたさもなくなる。自ら選んだ孤独はさびしくはないゆえに。

X 『水の花』

沢瀉《おもだか》は夏の水面の白き花　孤独死をなぜ人はあはれむ

『水の花』には二〇〇七年からおよそ四年間の作品が収められており、第十歌集にあたる。掲出歌は歌集のタイトルともなっている。この一首については、雨宮自身があとがきの中で、自注に近い説明を行っている。

「沢瀉《おもだか》」は水生植物であり、八月から十月頃、直径二センチほどの花をつける。水辺のその花は小さいが鮮烈な白い花を咲かせる。小ささと鮮烈さとを同時に備える花は少ない。ましてや白い花には。沢瀉の名の由来は、その花が人の顔のようにも見えることからのようだが、どこか凜とした個を感ずる花だ。

この一首は、当時の雨宮の心境が重なっているものではあるが、本当は十年前（二〇〇一年）に亡くなった小中英之の若い頃の作品に拠ったものであるという。

沢瀉は水の花かもしろたへの輪生すがし雷遠くして　小中英之『翼鏡』

昨今、孤独死や孤立死について様々なことが報道されている。それはそれで社会的意義のあることであるから、雨宮はそれに対して異議を申し立てているのではない。人の目の無用な哀れみに異議を唱えているのだ。「あとがき」には、小中のように自宅で孤独に死を迎える覚悟を自らも言い、それをむしろ幸いとすると綴っている。

「述志の歌」というものがある。雨宮の作品にはしばしば述志の作品がある。その中で掲出歌はもっとも印象深く思われる。

枇杷の花散りゐるところよぎりきて廃鶏に似しよはひ晒さる

「廃鶏に似し」と自らを冷徹に、そしてやや自嘲気味に歌う。枇杷の花は初冬にひっそりと咲く。その花が甘い香りを放つことは案外知られていない。その細かな花がほろほろと地に散っている様を見つつ、老齢ということが思われた。老いは人知れず忍び寄る。散ることによって晒される姿。容赦のない現実を受け止めてゆく姿勢には覚悟が感じられる。

象嵌されしやうに坐しゐる夏真昼まだたたなはる日にちがある

曲るホームに沿ひて列車の止まれるは体感のやうにさびしかる景

駅によってはホームが直線ではない場合がある。長いホームがゆるくカーブしていて、そこに滑り込んできた列車が沿うように止まるのは、どこか苦しげである。ホームの立地条件や構造上やむを得ないのだろうが、眺めているだけで不安定な気分に襲われる。列車とホームとの間隔が通常より広がっていて、車内に乗り込んだり、降り立つときは、ことさらに注意が必要である。「体感のやうにさびしかる」とはどういうことだろうか。たとえば身体を捻じ曲げたり、真っ直ぐにあるべきものを、やや無理をして相手に合わせるときの心理的な窮屈さに加え、不本意な感じがもたらされることを表現しているのだろうか。目にした景が、直接、身体的に与える違和が「さびしさ」として捉えられているところにこの一首の独自性がある。

出で入りにわれの視線のゆくところ述志のごとく光る鉄塔

この歌はストレートに「述志」という言葉を用いて自身の志のありようを述べた歌である。マンション住まいをしている雨宮が、その住居を出入りするときに必ず視野に入る鉄塔がある。おそらく鉄塔は丘の上にたてられているのであろう。はじめのうちは自然と目に入ってきていたのだが、やがて、外出するとき帰宅したときに習慣のようにその鉄塔に目がいくようになった。あるいはその存在を確認するかのように見るようになっていった。

多くの場合、聳えるもの、塔のようなものは何かの象徴に見える。山岳などは信仰の対象ともなる。旧約聖書に登場する「バベルの塔」は、人類の獲得した力と誇りの象徴として建てられ、それがやがて神に敵対する高慢性として語られてゆくのだが、掲出の歌の塔はもとよりそのようなものではなく、もっとささやかな日常の私たちに身近な塔としてそこにある。日々の指針や憧れへと導いてくれるようなものだ。目にしたときに、そっと何かを語ってくれるような存在としてではあるが、いつの間にか雨宮の心の中に屹立し、己を戒めたり鼓舞させる厳しさをもつ塔となっていたのだ。

丈高きうたよみたしと思ひゐつ水仙に袴つけさせながら

この歌は、背筋を伸ばし気高く香る水仙の花に託して、自身の歌の在り方を願うものだ。新年を迎える準備をしているのであろうか。雨宮は水仙の花を活けている。水仙を扱うときは、花をつけた茎と葉とがばらけないように、根元の部分の形を整える必要がある。その一つの技法が「袴をつける」ということである。丈（長）高く格調高いうたを創りたいと、あらたまの年の抱負をうたう。凛とした空気を感じさせる一首である。

大勢に従かざる純粋の花として日本桜草の鉢を賜ひき

春先に花舗の店頭を彩る桜草は西洋桜草がほとんどである。プリムラ・メラコイデスやオブコニカ等がその代表的なものであろう。それらとは異なり、日本種のものは見る機会は少ない。日本桜草は沖縄と四国を除いて各地に分布しており、自生地は山間や原野の湿地帯にある。関東では荒川沿岸に大群落があったというが、戦後、住宅地や工業地に変わってしまい、江戸時代に桜草が一面に生えていた地帯があったことは想像すらできない。江戸時代の初期、自生していた桜草の可憐さにひかれて持ち帰り、栽培を始めたのは徳川家康だと言われているが、やがて交配して新種を作り出すことが民間でも盛んに行われるようになった。現在では滅びゆく桜草を保存する会があり、季節になると展示会が行われたりする。桜色と白を基調にした様々な品種が咲いている様は興が尽きない。雨宮はそのような桜草のひと鉢を贈られたのであろう。贈ったその人は言葉を添えた。植物界ではこの花は細々といのちを保っていて、まことに貴重なものなのですよ、と。雨宮は大勢につかぬその花を好もしく思い、自身の生き方と共感する何かを得たのではないだろうか。顧みれば、いつも少数派に属してきた。好むと好まざるとにかかわらず、選びとらざるを得なかったことも。しかし少数派であることを誇りをもって肯う。そんな雨宮の姿を想像させる。

政変を論ずる齢《よはひ》ならねども変といへるを好むかわれは
せめぎ合ふ与党と野党思ほえばわれは野党のごとく生き来《こ》し

「大勢に」の歌のすぐ前に置かれている二首である。権力の座に立たぬことの清々しさを思わせると同時に、人生上の変（非常の出来事）を幾度も味わってきた雨宮の引き締まった年輪の密度を、思わされもするのである。

腕《かひな》とは腕もて人を抱くもの甲斐なきかひな静かに洗ふ

この歌を繰り返し読みながら、ふと「かひな」の語源は何なのだろうと思った。語源というものは少々調べたところで、本当のことは分らない。しかし、ちょっと知りたくなる気持ちを起こさせる歌である。もう一つの「うで」という言い方とはずいぶん違った響きがある。「うで」は「腕前」や「腕っぷし」という語があるように、腕による「力」に力点がある。一方、「かひな」は柔らかくやさしい。「かひ」は「交《か》ふ」（支える）からだろうか。では「な」は、などと。「甲斐なきかひな」という言葉遊び的な重ね方もうるささはなく、愛する者を失ったのちの空虚な思いが伝わってくる。

腕や手首をうたったものが他にもある。

自傷とも見ゆる手首の火傷あとふと恥づかしみ釣銭を受く

このひと夜《よ》少したのしも右腕にダビデの星のやうな火傷して

「ダビデの星」は二つの三角形を交叉させた星形。十四世紀以降、ユダヤ人の象徴として用いられた。現在のイスラエルの国旗の中央に描かれている。調理中に火傷をしたのであろうか。この星のしるしは雨宮がよく歌う「カインのしるし」ほど重くなくうたわれている。「自傷とも」の方は、やはり台所仕事の傷なのであろう。しかし傍目にはそう見えがたい、微妙な跡を恥じらう。

ちなみに本歌集には、「カインのしるし」の歌で次の一首がある。

シリウスは冬天にありわが額《ぬか》にカインのしるし息づけるまで

手さぐりに来て点灯をなさむとき夜更けの氷庫墓のごと立つ

夜中、水を飲みに起きたのだろうか。キッチンの電灯をつけようとするときに闇に白々と浮かび上がったのは冷蔵庫であった。「墓」ととらえた目が、「死」を意識しつつ日々を生きる雨宮を思わせる。「手さぐりに来て」という頼りない動作の描写のあとに、更に追い打ちをかけるように不安感を重ねている。老いてゆくことに気がかりをもちながらも、果敢にひとり暮らしを続ける雨宮の、ひとつひとつの生活の具体に直面する中から生まれている歌だ。自らの現実を見つめるその冷徹なまなざしが、自己へのいとおしさをむしろ感じさせ、作品を深めているように思う。

きのふと同じこととして終る一日は寂しきごとし羞《やさ》しきごとし
管《くだ》につながるる命のごとくあまたなるコード這はせし家暮れてゆく

「きのふと」の歌であるが生活とは正にこのようなこと。独居ともなれば、何もかもひとりでせねばならず、衣食住の問題に否応なしに向き合ってゆかなければならない。訪問者も次第に少なくなり、一日中、人と言葉を交わさないこともあり得よう。「寂しきごとし」「羞《やさ》しきごとし」の繰り返しが、しずかに沁みてくる。「管《くだ》につながるる」の方であるが、家の中に這わせた配線コードが、あたかも病む人につながれた医療機器の管のようであるという。その比喩が生活のきわどさを感じさせ、厳粛さを帯びさせている。しかし次のようなユーモアを含んだ作品もあり、見逃すことのできない雨宮の一面を示す。

老いと闘ふことの微苦笑　日曜を「聖者の行進」の楽流れきて

ラジオか何かから聞えてくる軽快な曲が、今日も生きること、生活してゆくことを促しているようだ。その曲が皮肉にも「聖者の行進」であることに、雨宮は苦笑してしまうのだ。

曼珠沙華赫き傾《なだ》りに晩節の情念のごと雨ふりそそぐ

土手に曼珠沙華が咲く光景はよく目にするところであるが、「晩節の情念」という語がこの一首を特異なものとしている。曼珠沙華の色や形からは、「情念」はイメージされ易いかもしれないが、降りそそぐ雨の方にもこの情念の語はかかっている。「晩節」とは「人の一生や季節の終り」を意味する。低く垂れ込めた雲から小止みなく降る雨が想像される歌だが、しっとりとした雨の風景というよりは、止みそうにない空模様に道をゆく足も重くなる、そんな降り方であろうか。雨の日の彼岸の頃のありふれた情景に、「晩節の情念」というただならぬ気配が呼び込まれている。静穏に晩年をありたいと願うのは大方の人の気持ちであろうが、雨宮はそうではなく、次の歌にも常凡ではない晩節がうたわれている。

とめどなく横へと逸《そ》れてゆくこころ晩節を少しよごしてみたき

人の世に対して、ささやかな謀反を起こしてみたいという願望がうたわれているが、注目したいのは上句の「横へと逸《そ》れてゆく心」である。一九七五年の夏に刊行された季刊「鴟尾」十四号に雨宮が当時、連載していた「テレーズノート」（モーリヤック研究のひとつ）に「『横道にそれた思想』の危うさ」と、それに相反する「『道幅に合わせ』て平凡だが安全に生きる」ことを、モーリヤック作『テレーズ・デスケイルー』から紹介し、分析している。四十年ほど前の研究稿であるが、今も雨宮の中には飢渇の人、テレーズが生き生きと息づいている。

けぶりたつ炎天の道心身を灼《や》かるるためにわれの出でゆく

この歌にも、そうした「生」への渇きが示され、自虐ともとれる能動的な姿勢をもつ雨宮がみえる。

煙草すふ午後を寂しき影となりわれに近づくテレーズ・デスケイルウ

煙草をくゆらせ、くつろいでいる午後、紫煙の向こうからテレーズがさびしげに近づき、「今、あなたはここで何をしているの」と問うかのようである。テレーズは、雨宮が時折、引き込まれる虚無の世界の同行者として、影のように寄り添う。若き日より深く結びつくモーリヤックの作中人物だ。

季刊・エッセーと短歌誌「鴟尾」は雨宮と夫の竹田善四郎により、一九七二年・春から一九九五年・夏まで発行された。途中から〈招待席〉のページに小中英之が参加している。

雨宮の「モーリヤックと私」はこの誌上に長く連載された。モーリヤック作品の『テレーズ・デスケイルー』の中で、テレーズが果たして煙草を吸う場面があったかどうかはわからぬが、テレーズもきっと午後のこんなひとときを大切にしたろうと思う。ぼんやりとものの思う至福の時間として。

憩ふとき指にはさめる熱きもの喫煙をわれはみづから嘉《よみ》す

「嘉《よみ》す」は「ほめたたえる」の意であるから、シガレット讃歌ともいうべき一首である。一九九六年発行の『雨宮雅子作品集』（本阿弥書店）に五、六十代のものと思われる雨宮のポートレイトが載っているが、それは煙草をくゆらせているもので、このシガレット讃歌にぴったりである。「熱きもの」なる煙草は誰かにすすめられて、というのではなく、長年にわたって積極的にたしなみ、たのしんできたもののひとつであることが分る。写真の中で、しなやかな指にはさまれたそれは、雨宮の日々の句読点として愛されてきたのであろう。またその嗜好品は、身のうちに熱い何かを秘め、熱さを追い求めて止まない雨宮の資質を象徴しているものとして、よく似合いもする。

はるかなる家郷のごとく離籍せし基督教を思ふことあり

『水の花』の巻末に「あとがき」に先立ち、雨宮のキリスト教からの離教の思いを記した文章が収録されている。「NHK短歌」二〇〇九年七月号からの転載である。

キリスト教に近づき離れてゆく人には、それぞれの経緯や事情がある。雨宮のようにひと度、入信しても実際の教会生活がほんの短期間であったりする人は珍しくはないし、生活や心境など何等かの変化により疎遠になっても、長年にわたって所属教会に籍を放置しておく人は少なくない。やがては消息の分らなくなってしまう人も稀ではない。教会を離れてゆく場合、たいていの人がその理由を曖昧にしたままのことが多いと思われるが、雨宮はそうしなかった。理由を明らかにし、所属教会に離籍願を届けた次第が語られている。雨宮の規律を愛する誠実さが生来のものであろうことがうかがえる。それはまた、雨宮がキリスト教を幾分厳格で窮屈なもの、観念的な面からとらえがちなところにも表れているように思う。（その傾向が雨宮のキリスト教との関わり方に苦しさを増させたようにも思えるが、そのことについては措くこととする。）しかし反面、聖書に孤独に向き合うことから、詩想ゆたかな作品が生み出されていることを忘れてはならない。雨宮にとっては苦悩に満ちた求道の跡が、結果として香り高い作品として結晶していることを。

当然のことながら、人はその人の望む安らぎの中に身を置くのがもっとも自然なことで、その選択は尊ばれるべきものだ。

信仰の掟解かれて歩み出づ花だいこんの揺れてゐる野へ
信仰に苦しみたりし歳月のはてしづかなる雨の日のあり
歳月の流れのまにまま不穏なる蕊のごときか離教者われは
ヴェネチアングラスの青をとり出せばわが守護天使かすかにはばたく

風の夜《よ》は海越えてきし火の粒のスパイスを魔女のごと調合す

「魔女」はヨーロッパの民間伝説にあらわれる妖女である。悪魔と心を通じ合わせて、麻薬を用いたり呪法を行ったりして、人に害を与えるとされた。また不思議な力をもつ女性ともされる。雨宮作品には時折「魔女」が登場してくる。初期、中期の作品には見られないものの、魔女への親和性をいつの頃からか、もち始めたことがうかがわれる。この歌集にはもう一首、次の作品がある。

ぐつぐつとわが魔女鍋にもの煮えて冬至の夜はたちまち降《くだ》る

初めの「風の夜《よ》」の歌は、何か不穏な気配がする。吹き巡る風は遠くから異質なものをもたらしたり、気象的にも大きな変化を起こさせる端緒となる。「火の粒のスパイス」はたとえば唐辛子などを含んだ幾種類もの香辛料を考えればよいのだろう。厨に立ち、夕食の準備をしている場面を、こんなふうに遊び心を加えてうたうのも、雨宮のもつ一面である。二首目の「ぐつぐつと」の歌の「わが魔女鍋」は日頃、愛用している深く大きい厚手の鍋だろう。冬至の一日がたちまちに暮れた。その外界の暗さと調理することに集中している作者の姿が相乗して、寓話の一場面を作り上げている。また「魔女」という言葉に、雨宮は戯画的に「異端分子」という思いをも込めているかもしれない。いずれにせよ、雨宮は「魔女」という言葉を楽しみつつ、用いているのだと思われる。第五歌集『熱月』（一九九三年刊）には次の作品がある。

わたくしといふ存在を放つべし鍋など必死に磨かぬはよし

この時代はフェミニズムが熱く論じられていた頃だ。家事や育児に束縛や義務を強いられる女性性からの解放に賛同する意思を示しつつも、「魔女」と厨仕事を結びつける自己戯画化などは、まだ見られなかった。厨仕事を大切にしてきた雨宮の、新しい一面かと思う。

漏告のやうな月光　還るべきさがみの沖に立つ月ならむ

「漏告」とは秘密を洩らし告げることである。空から皓皓と月が照らしているのであろう。冷たく射るような月の光は、人の心の秘密を知るかのようだ。
アンデルセンの『絵のない絵本』は、月が毎夜、見聞きしたことを物語るのだが、その大人版と言えなくもない。もちろん、アンデルセンの月は出来事をやさしく語りかけるのであるし、こちらの月は非情なまでに人の世を照らし、暴いた秘密をささやき続けるのであるが。雨宮は夫竹田善四郎の眠る相模の海に同じように散骨されることを願っている。この月は今、同時に相模の海を照らしているはず。畏怖を月に覚えながらも親しさが湧くのだ。

寄するより退《ひ》けるちからの強からむ　わが奥津城《おくつき》ときめし海鳴る

人の誕生と死は潮の満ち干と密接な関係があるというが、この歌では引くときの力の強さを言い、死を暗示する。既に夫と同じ海に眠る決意をしている雨宮にとって相模の海は奥津城どころである。天候の荒れた日なのか、海が鳴っている。それを呼ばれているとも聞く。この歌の前に次の二首が置かれ、悪天候の前の静かな不気味さが歌われている。

盲ひるゐる曇天の海夜《よ》となればまなこひらける巨人とならむ
荒天をいざなひてゐる海ながら破船のまへのやうなしづけさ

海の近くに暮らす人こそが知ることのできる海の静けさ、荒々しさである。「荒天を」の歌の「破船」は難破船のことであるが、嵐の前の静けさを言い得ている。比喩に深さというものがあるとしたら、深度のある比喩だと思う。航海中に不運の起こる直前の、ときが止まったような静けさを感じさせている。

いつの間に咲ける桜か目を挙げよ目を挙げよとぞ花さやぐなり

「三・一一東日本大震災」と題された章が、『水の花』には「祷」「さくら」「受苦」の三部立てとして二十四首収められている。これは『さくら』（希望のありかとして）より。どの章も真摯な雨宮の思いがあふれており、自らが被災者でない立場から歌うことの困難を乗り越えて、読者の胸に届いてくると感じられた。その力はどこから来るのであろうか。

原発と並べ原爆と書きてみつかの日の惨を知れる者ゆゑ　「祷」

放射能蓄積せるまで生きざらむ身は措《お》きてこの国を考ふ　「受苦」

一九四五年、広島・長崎に原爆が落とされた年、雨宮は十代半ばであった。少女期とはいえ、もう大人に近く、十分にものを考える力は備わっている。そうして今日まで様々な受苦を観、味わってきた年代の者にとっては、被災地の人々に寄せる共感度は直く深いものとなるに違いない。

はじめの「いつの間に」の歌であるが、大震災後、間もなく花の季節を迎えたとき、常の春とはちがう桜の花との出会いがあった。それは自失した雨宮を奮い立たせるものであったが、被災地の人々への祈りと重なるものでもあった。

弓なりに日本列島苦しめり美《は》しき倭《やまと》をよみがへらせむ　「さくら」

蠟の火を点《とも》してひとり夜を聴く若く貧しき戦後ありにし

馬酔木の房ふくらむほどの春なるにあまたの人ら逝きたまひけり　「祷」

土が裂け海が溢るる禍《まが》ごとを老いたるわれが正眼《まさめ》にし見る

放射能との長き戦《いくさ》になるならむいくたびを春迎ふるならむ

まつさをな空をひろげるきさらぎは去年《こぞ》の芒穂さへかがやかす

冬の関東地方の気候は乾燥した晴れの日が続くのが特徴である。日本海側からの移住者や旅行者にとっては、大きい違和を感じられることかもしれない。前年の初秋に穂を出した芒はその年の晩秋には枯れ芒となるが、すぐに朽ちるのではなく、多くは冬の間もそのまま残る。冬至のあとは少しずつ日脚が伸び、新年を過ぎると急速に日差しが明るくなってきているのを実感するのである。北風の吹きすさぶ日はあっても、空は春の明るさを湛えているのが、関東地方の「きさらぎ」であり、雨宮は長くそのような地域に住み続けている。「去年《こぞ》の芒穂」は、植物としてはその生命を終えているが、そのまま野にあって天上から降り注いでくる光を浴びるとき、ふたたび生命を吹き込まれたように輝き出す。雨宮はここに天と地が呼応する姿を見ているのかもしれない。「去年《こぞ》の芒穂」は植物が一めぐりの働きを終えたものとしてあるのだが、そのような力萎えて取るに足らぬもの、無価値なものをも照らし出す光への讃嘆がうたわれている。

念ずれば何か叶ふといふことを信じたくなる冬麗のそら

これも冬晴れの空への讃美である。流れ星を見たとき、何かを願うとその願いはきき届けられるという。空を仰いで願い事をするのは、私たちの自然な姿なのだろう。天体は美しさと不思議さに満ちている。引き込まれそうな無窮の青空を眺めていると、心さえ澄んで、いつの間にか童心に返ってゆくようだ。

やまとのくにさがみ台地に照りわたる日ざしのなかの黄草青草

相模は今の神奈川県の大部分を指す。ある晴れわたった日、眺めのよい丘陵に立つと既に原には草が萌え始めている。「黄草」とあるのは、まだ萌え出たばかりの若草の色を言うのだろう。それらもみな青草になる日も近い。

帽子ふかくかぶり歩むは春の日の消息不明となりゆかむため

人には、ふと匿名者となって姿を隠したいときがある。監視カメラがあらゆるところに仕掛けられている時代であり、もはや私たちはどこへも逃れられないかのようであるが、せめてうららかな日、街を歩くときには、帽子を目深にかぶり何者としてでもなくありたいものだ。消息者不明となって。そんな歌意であろう。

雨宮は帽子愛好者である。その装いから帽子を取り除くことはほとんど不可能なほどの愛好ぶりがうかがわれる。帽子はその人の陰翳を深くしてくれるファッションの小道具だ。「春の日の」というさりげない措辞が、この場合「消息不明」をうまく導き出している。消息不明志願者がおびき出されるのは、夏でも秋でもなく、うららかな「春の日」でなければならない。

行き方知れずもよしとし思ひゐたりしが世の迷惑とぞ不明老人
ある日海に漕ぎ出すやうに存在を消しうるならばさきはひならむ

「失踪願望」（消息不明願望）がしきりに歌われているのはなぜだろうか。人の一生の閉じ方として謎を残す方法だ。

もう一首、帽子の歌を引く。

つば広き夏の帽子も日に灼《や》けて眼窩深きをきはだたすらむ

夏の日差しを避けるためのつば広帽子はお洒落と実用を兼ねたものであるが、ひと夏もたてば日に灼けることが多い。夏の終り近くとなり、そろそろ身に疲れのみえる頃、帽子の下の自らの顔を思う。落ち窪んだ眼は、帽子をかぶれば更に翳りを増すばかりであろう、というのである。

野の百合のごとくイエスは現れてその短生《みじかよ》に西暦ひらく

歌集の後半の方に置かれている歌である。「百合」は聖書によく登場する植物であるが、百合と称される範囲は広く、今日私たちがすぐ念頭に浮かべる百合ではない。原語「シューシャン」はアネモネ属、いちはつ属、ゆり属などの草本を含む一般的名称であり、イスラエルの野を覆って咲く緋色のアネモネの花を指すのが妥当と言われている。主として美しさの形容として用いられる「百合」なので、ここではイエスの清廉さ、美しさを讃える言葉と解すればよいのではないだろうか。

イエスの誕生はBC七—四年頃と言われ、その死はAD三〇年頃と推定されるという。イエスが生まれたとされる年を西暦元年とし、その短い生涯が西洋の暦のもととなった。がこの掲出歌を、雨宮はキリスト教を是としてうたっているのではない。本歌集のあとがきでも触れているように、雨宮は長年、籍を置いてきたキリスト教から離教した。この一首を含む「紀元前後古代ローマに」という章題の連作は、その思いを確認するため歴史を振り返ってうたっているものだ。

キリスト教に救いを求めつつも長い年月、懐疑深くあったことを述懐する雨宮であるが、信仰のあるなし、深浅にかかわらず、その聖書に関する作品群は、雨宮ならではの魅力にあふれており、自身の思惑を超えて、雨宮の歌業の中核を占めてきたものであることは動かしがたいものだと思う。

海浜《かいひん》のためサンダルを購へりイエスも履きて歩みしサンダル
神を問ひ信仰を問ひし日を宥《なだ》めしづかにめぐる東洋の春

シガレットケースの銀も六年の忌の近づけば黒ずみてをり

雨宮は愛煙家であったが、夫竹田善四郎もまたそうであったようだ。夫の遺品のシガレットケースが、写真の前にでも供えてあったのだろうか。夫は無宗教であり、遺言により、相模湾で散骨での告別を行っているので、いわゆる宗教的な祭壇はない。故人を偲ぶためのコーナーが室内に設えてあったか、抽斗などにしまわれていたものか。

銀のケースもいつしか黒ずみ、歳月の流れを思わせている。不思議なもので、持ち物は使用されているときは息づいている姿を見せるのに、そのままに置かれると、それなりに古びてゆく。知らぬ間に歳月が刻まれていっているのが、かえって寂しさを深める。「六年の忌」とあるので、夫の死からまる六年経ったということであろう。仏教的には七回忌ということか。時代的に言えば、まだ煙草の有害さは表立って言われることは少なく、むしろ、煙草を吸うための小道具などにも気を配り、紫煙をくゆらす姿に価値がおかれた頃であった。共に喫煙を楽しみ、文学を語り合っただろう二人の時間が思われる。

午後の陽は卓の向かうに移りきて人の不在をかがやかせたり

夫在りし頃、食卓の向かい側の席がその人の場であった。そこにスポットライトのように午後の陽が当り、かえって不在を際立たせている。無情にも、陽はしばしば永遠の空席を曝し出す。

冬は思想のごとく立ちゐし欅木も薄きみどりをかづきはじめぬ

木は人のようである。地に一本立つ樹木は、ひとりの孤独な人間のようにも見える。葉を落とし尽くした樹木は、冬の思想家。網目のようにその枝を空にひろげていた欅も、春の訪れと共にうすく芽吹きはじめた。隠者か思想家のような趣であった樹木も、若々しく一変してゆく。

二〇〇九年（平成二十一年）発行、「NHK短歌」七月号に雨宮は、「永い旅の終り」と題したエッセイを載せ、キリスト教会から離籍したいきさつを語っている。歌集『水の花』にもそれが転載されており、簡略ではあるが、その心境を知ることができる。

なぜ長い間、キリスト教に拘り続けたのか。その一文は雨宮の心の一部を語ってはいるが、それが全てではあるまい。「宗教を学んでも」という一節がエッセイの中にあるが、そもそも宗教を知的に学ぼうとしたところに、雨宮の釦の掛け違いのようなものがあったのではないかと思われる。他者からは空転とも見える、孤独な求道の空しさや苦しみから早くに解き放たれればよかったのかも知れぬ。が、それすらも、人が一人一人負ってゆくべき類のものなのであり、容易くは変えがたい、雨宮の生き方だったのであろう。

「薄きみどり」を見出した雨宮の心には、新しい季節を迎える安堵とよろこびがある。「冬」からの脱却と、意志の兆しが見えている。

つぎの世は信じざれどもあめつちに導かれゐるやうに春くる

来世は信じないが、温暖な日本の四季をよろこび、愛でつつ生きることに雨宮は「信」をおくようになった。自己矛盾に苦しむことから解かれて、自然の摂理に身をおいて迎える春の明るさが感じられる。

守護天使喪ひたりしわがかたへふさふさと白き仔犬寄りくる

ここには、現実味を帯びた地上の天使の出現に、微笑みをもらす雨宮がいる。

エッセイ

白はしたたか

対面の桜幾日も散らざりきうす紅ならぬ白はしたたか

「短歌」二〇一四年八月号

雨宮さんは昨年（二〇一四・平成十六年）十月二十五日に急逝された。第一歌集『鶴の夜明けぬ』の頃から尊敬と憧れの念を抱きつつ、作品を読み続けてきた私は、いつしか少しずつではあるが、鑑賞文めいたものを書かせていただくようになっていた。年に数回発行の同人誌に発表というかたちであったので、ずいぶん長く書き続けてきたように思うのに、その分量はさほどになっていない。それに対して雨宮さんはお電話やお手紙をまめにくださっていたのだが、ここのところ、お耳や目の不自由さを言われるようになっていて、さて、今後こちらからのご連絡の方法は何が一番良いだろう、と思案していた矢先であった。以前から遊びにいらっしゃい、とお誘いいただいていながら、なかなか時間がつくれないまま、永遠にその機会を逸してしまった。短歌関係の場ではお目にかかったことがあるが、一度、お住まいをお訪ねしたかった。もしお訪ねしていれば、この一首に歌われている桜も、どんな桜なのかつぶさに知ることができただろう。

マンションの二階に住んでおられたが、窓から対面するような近距離にこの桜はあったのだろう。これまでに窓外の樹木を詠んだ作品は少なからずあるが、桜は珍しく思われる。「プライベートタイム」という題のこの一連の作品の、掲出歌のすぐ前に次の歌がある。

葉とともにひらきし白き桜花ひすがら風に揺るるもありき

葉とほぼ同時に花がひらくのは、山桜であるようだ。山桜には白花と紅花系のものがある。ここでは一般的な白花系のものなのであろう。しかし桜にはたくさんの種類があるから、山桜系であるとするのも、私の推測の域を出ない。幾日も散らぬ白花のしたたかさにソメイヨシノなどとは異なる魅力を見出し、その生命力にご自身の祈りを重ね、讃えたのだと思える。三月生まれの雨宮さんは今年の春、八十六歳を迎えるはずであった。

ベッドより朝はこはごは足おろす骨変形痛去年知りしより
「老いは自在」などにあらず恙もちひとりの生きを貫きゆくは
些細なることにパニックおこすわれの目鼻おぼろになりつつあらむ

「プライベートタイム」一連には日常の姿が率直に歌われていて、思わず胸をつかれる。一首目、あまり外出もされなくなった雨宮さんを襲ったのは、歩行が前の状態より更に困難になり、しかも激痛に見舞われる、というものだった。このためにどんなにか心身を消耗なさったかと思う。朝、目覚めて、一日を始めようとベッドから降りるとき、足に痛みが走るかどうかを確かめる。床に足をつけてみるときの不安が手にとるようにうかがわれる。

しかし、あくまでも可能な限り、一人での生活を守り続けられることを願っていた雨宮さんであった。最小限と思われる人手に助けられながら。二首目の述懐に近い歌には、それがよく表れていると思う。「老いの自在」という境地に至ることのできる人が、一体、世の中にどれだけ存在するであろう。多かれ少なかれ、病苦や何等かの不自由さを抱えて、日々、苦闘しているのが、実状ではあるまいか。

三首目、慎重に一日一日を送っているが、それでも不調のことが起こる。たった一人のときには、些細なことでも大ごととなるということがよくある。「目鼻おぼろ」はそんなときの不安感や自信のなさ、心細さを言い得ていると思う。

老人の増えゆく国に老人として在ることを如何にか問はむ
深淵をのぞくごとしもわが齢八十五歳が信じがたくて

若き日から病みがちだった雨宮さんには、思いがけない天与の人生後半の年月であったのだろう。

小さきピザ、コーヒーダブル、昼しづか　歌ありて孤の充実の刻
湘南は風の街なり羽ばたける緑葉の日に歳もはなやぐ

同じ一連の中にこのように明るい歌がある。一首目、部屋（あるいは近くのカフェ）でのひとりの昼食風景であろう。雨宮さんは最後までたゆみなく作歌を続けられた。幸いな歌人といってよいと思う。窓から樹木のさやぎや、道行く人らに時折、目をやりながら、作歌に打ち込んでこられたのだろう。私が雨宮さんに魅かれてきた理由のひとつに、群れを作らぬ人であったということがある。いわば「孤高」という印象があったが、ご本人はいたって気さくな方であった。

少しづつ親しき者となれる死よ五月の水漬く花舗にも立ちゐむ
死はときに誘ふごとし退くごとし老残をかたく拒めるわれに
死の作法といふものあらば稽古せむもっとも褻《け》なる枕かかへて

来るべき死に備える歌である。死に親しむ、とはどういうことであろうか。日常の中に死を見る、死の足音を聞く、ということであろうか。日々、身近なところに死を存在させ、いつ何

が起こってもよいよう、怠りなくしておくことか。いずれにせよ、雨宮さんにとって、老残は忌むべきことだった。「もつとも褻《け》なる」とうたう、人にとって一番プライベートな「褻《け》」の時間とは、眠るときであろう。別の誌面で、〈夜といふ時間の流れ睡るとはつひなる闇に馴れゆかむため〉（『秘法』）という歌を引いたが、この一連では、ややユーモラスに歌いながら、死を身近に据えて心備えをしていた雨宮さんの心情が痛いほど伝わってくるように思う。

離教はされたが、大自然に抱かれることに願いと信をおかれたのだろう。春に夫君の眠る同じ相模の海に散骨されるという。

（「晶」八十九号　二〇一五年三月刊）

悠久を咲く昼顔

海の風に触れゐるところ須臾の間をはた悠久を咲ける昼顔

「短歌往来」二〇一五年一月号

最近作から引いた。『昼顔』は、雨宮さんが繰り返しうたってきた花のひとつである。花では、梅、椿、山茶花、彼岸花などがよく登場するが、とりわけ昼顔を好んだのではないだろうか。第八歌集『昼顔の譜』（二〇〇二年刊）のあとがきには、こう記されている。

「昼顔」は私の大好きな花。貌花とも言われるこの花のあえかな美しさは、この世のものでない感じがある。あの世からの音信のように昼顔を眺めて暮らした一夏――

この年（二〇〇二年）の四月に、雨宮さんは東京・江東区から湘南の地に転居したのだった。そして縁の深かった海辺の地で昨年（二〇一四年）十月、一生を終えられた。昼顔は、線路沿いの空き地などに普通に見られる。浜辺に咲くのは浜昼顔であるが、どちらも強靭な植物でありながら、その色と姿ははかない、と見えるほどに淡い。雨宮さんは昼顔に、天からの光を湛える「受動的な器」としての美しさを見ていたのではないだろうか。昼顔は天からの使者、メッセンジャーとしての働きをもつ花。その存在は単独では果敢ないが、ときに神の仲介者として、永遠を示唆する美を輝かせるものとなる。

けふひと日ひかりによりて耐へさせよ昼顔のうへ夏のきてをり　　『昼顔の譜』

第二歌集『悲神』の頃から「昼顔」は既に歌われ始め、その後しばしば歌集に見られるようになる。

昼顔のむらがるところかがやきて壮年の人の汗したたらす
ひるがほの群生のうへ翳りたり神の横顔の過ぎむとしつつ

『悲神』

『悲神』からの二首目、「神」は雨宮さんの思惟における翳りの源の一つ。現実の生の課題を抱え、そこから解き放たれることを願っての求道の心を、長く、苦しく、離教するまでもち続けた雨宮さんであった。

わがつぎの世にも咲くべし夏果つる無人の駅の昼顔の花

『秘法』

雨宮さんから歌誌「雅歌」の「招待席」のページのお話をいただいてお引き受けしてから、いつの間にか十八回を重ねた。年三回の発行であるから、まる六年が経過したことになる。十八回がこのような追悼号となってしまったことは本当に悲しく、残念に思う。雨宮さんとは、お目にかかったのは、ずっと後のことになるが、第一歌集『鶴の夜明けぬ』とは出版とリアルタイムに出会っており、その時から雨宮さんは、私の尊敬し、憧憬する歌人となった。純白の表紙の下方部分に紅の線が横に引かれたシンプルな装幀は、丹頂鶴をイメージさせ、鮮烈な印象を与えた。

雨宮さんは、二十五歳でプロテスタント教会で洗礼を受けておられるが、別のところでも記したように、実際の教会生活はわずかであった。それは生活上の変化（病気やその他諸事情）に伴う要素が大きかったように見える。従って、ひとり聖書を読み、そこから知識に重く傾いたキリスト教を得てゆく、という過程を経たことは否めないだろう。（「信仰」は、教会生活を送りながら、「知情意」によって育まれるものと言われている。）

戦後のキリスト教ブームの時期にキリスト教に出会いはしたものの、その後、雨宮さんの生涯のほとんどは、孤独な求道者となった。しかし、その反面ひとり聖書に親しむことは、雨宮さんにゆたかな文学的実りをもたらしたと、私には思えるのである。（ここでは文学と信仰の問題はさておく。）

雨宮さんの歌の世界は知的、高雅である。が聖書に発想の根差すものは、読者を遠ざけるおそれがあろう。日本の土壌は、信仰や宗教に寛容であると同時に、無関心の人が多い。雨宮作品を深く味わうには、また雨宮さんの生涯を知るには、キリスト教の知識があれば最善にちがいない。

六年間の誌面での歳月を「雅歌」の皆様に感謝申し上げると共に、最後まで拙い鑑賞文を続けさせていただいたことで、少しでも雨宮さんのお気持ちにお応えできただろうかと思う。永遠の眠りにつかれた雨宮さんのご平安を、心よりお祈りする。

（「雅歌」六十二号　二〇一五年四月刊）

あとがき

　本書は、故雨宮雅子主宰誌の「雅歌」及び私の所属誌である同人誌「晶」に連載した作品鑑賞に、加筆修正してまとめたものです。「雅歌」掲載の経緯は巻末のエッセイにも記してありますが、もともとは、雨宮作品に早くから魅力を感じていた私が、いつしか所属誌に連載するようになっていた鑑賞文に、雨宮さんが目をおとめくださったのがきっかけでした。

　雨宮作品について、私が常々考えていたことは、西欧的であり、高雅、知的な香りを放つ雨宮さんの歌の世界が、キリスト教的土壌の乏しい日本で、果たしてどれだけ親しまれるだろうか、ということでした。雨宮さんご自身は「キリスト者歌人」と言われることを好まれなかったようですが、それは『水の花』の巻末に転載されている「NHK短歌」（二〇〇九年七月号）のエッセイにあるように、「懐疑ゆえの短歌作品も、信仰深いとしか理解されない。」ということからだったのでしょう。

　雨宮作品を生涯にわたってみても、キリスト教との関わりの比重のかけ方とその創作量の面から、それ抜きでは鑑賞したり、論じたりすることは困難なように思われます。そのため、本書は題名を、「昼顔讃歌——離教への軌跡」とし、キリスト教に関する作品の解釈、鑑賞を、私なりに試みています。

今年の秋は、雨宮さんが急逝されてまる五年になります。亡くなられた後、早く一冊にせねば、という思いがありながら、延び延びになってしまいました。ささやかなこの出版を、雨宮さんはきっと、あえかな昼顔の花のように微笑みながら、見守っていてくださることと思います。

本書出版に際しましては、六花書林の宇田川寛之様、装幀の真田幸治様にたいへんお世話になりました。謹んで御礼申しあげます。

二〇一九年　早春

高旨清美

雨宮雅子　歌集一覧

『鶴の夜明けぬ』　一九七六（昭和五十一）年　鶴工房
『悲神』　一九八〇（昭和五十五）年　国文社
『雅歌』　一九八四（昭和五十九）年　短歌新聞社
『秘法』　一九八九（平成元）年　砂子屋書房
『雨宮雅子歌集』（現代短歌文庫12）　一九九二（平成四）年　砂子屋書房
『熱月』　一九九三（平成五）年　雁書館
『雨宮雅子作品集』　一九九六（平成八）年　本阿弥書店
『雲の午後』　一九九七（平成九）年　砂子屋書房

『旅人の木』　一九九九（平成十一）年　短歌新聞社
『昼顔の譜』　二〇〇二（平成十四）年　柊書房
『熱月の風』（新現代歌人叢書10）
二〇〇五（平成十七）年　短歌新聞社
『夏いくたび』　二〇〇六（平成十八）年　角川書店
『水の花』　二〇一二（平成二十四）年　角川書店
『鶴の夜明けぬ』（第一歌集文庫）
二〇一三（平成二十五）年　現代短歌社

参考文献

『旧約聖書略解』　日本基督教団出版局
『新約聖書略解』　日本基督教団出版局
『聖書辞典』　新教出版社
『なぜ日本にキリスト教は広まらないのか―近代日本とキリスト教』　古屋安雄著　教文館
『文語訳聖書』　日本聖書協会
『新共同訳聖書』　日本聖書協会
『聖書』　日本聖書協会

著者略歴

高旨清美（たかむねきよみ）

一九四六年生まれ

「晶」同人

一九八五年　第一歌集『モデラート』刊行

一九九五年　第二歌集『珈琲《カフェ》パペット』刊行

二〇〇六年　第三歌集『無限カノン』刊行

現代歌人協会会員、日本歌人クラブ会員

雨宮雅子作品鑑賞
昼顔讃歌――離教への軌跡

2019年5月24日 初版発行

著 者――高 旨 清 美

発行者――宇田川寛之

発行所――六花書林
〒170-0005
東京都豊島区南大塚3-24-10-1A
電 話 03-5949-6307
FAX 03-6912-7595

発売――開発社
〒103-0023
東京都中央区日本橋本町1-4-9 ミヤギ日本橋ビル8階
電 話 03-5205-0211
FAX 03-5205-2516

印刷――相良整版印刷

製本――仲佐製本

定価はカバーに表示してあります
ISBN978-4-907891-76-3 C0095